U0023598

文化突圍

徐林正著

目錄

引言：戲劇人生……01

藝術與愛情……10

余秋雨致孫某：不要說不眞實的好話／11

流言之始／14

「我只想像大哥哥一樣勸勸他」／15

成名後的余秋雨首遭退稿／19

余秋雨你的勸告無效／22

所謂「中國第一自由撰稿人」／23

「不眞實的壞話」／26

余秋雨說：連壞人都崇拜馬蘭／28
《鞦韆架》爲馬蘭量身而作／30
也曾拒演過／32
我們不是「才子佳人」／34
蘭室雨軒與生日禮物／36
余秋雨，您應該活得更結實一點／39

歷史與黑箱

……42
「我想做個自由撰稿人」／43
有人說：學術明星滿嘴假話套話／45
「電視文化恰恰是我『自己的學問』」／47
余秋雨抨擊錢鐘書？／50
面對傳媒的非議，余秋雨首次開口說話／52
爆炸性新聞：余秋雨企圖在黃梅戲《紅樓夢》上署名／57
余秋雨唯一做的：沉默／59

朱健國打出「人格牌」／61
容忍與閹割／64
所謂的「歷史問題」／67
余秋雨說：畢竟我的運氣太好／69
黑箱裡的內耗／71
面對政治栽贓，余秋雨表示：「寧折不彎」／75

沉默與反擊 …… 77

「余秋雨的兩處硬傷」／78
「余秋雨同學，上課啦！」／83
「學者的架子」／85
「余秋雨，甭給我談文化」／89
「余秋雨沒有學問」／91
余秋雨質問：吳先生，你是誰？／98
《感覺余秋雨》之後／101

千年庭院的風波／103

文化與殺手 …… 109

《文化苦旅》的苦旅／110
盜版中的苦旅／112
毀版停印《文明的碎片》／114
余秋雨低估盜版者／117
被迫在內地出版《山居筆記》／119
僞本《霜天話語》浮出水面／120
處處是文化殺手／123
文化盜賊和文化殺手聯手／127
余秋雨發表反盜版宣言／131
來自布老虎的辯護／137
《霜冷長河》橫空出世／140
出版家談余秋雨／142

鬧劇與剽客……150
「二余」之爭／151
余秋雨正面回答有關「文革」的提問／158
知情人披露眞相／161
〈余秋雨，你爲何不懺悔〉是剽竊之作？／167
余秋雨眞的封筆了嗎？／178
尾聲：秋雨散文與秋雨體散文……181

文化突圍——世紀末之爭的余秋雨

余秋雨一九四六年生，浙江餘姚人。上海戲劇學院院長，也是大陸著名美學專家。

現任上海戲劇學院、交通大學、中國科技大學教授，兼任上海市委諮詢策劃專家、上海寫作學會會長。

著有《戲劇理論史稿》、《戲劇審美心理學》、《中國戲劇文化史述》、《藝術創造工程》、《文化苦旅》、《山居筆記》等書，爲當代中國傑出文化史學者、散文作家。

一九九二年底曾二度來台，特別是第二次接受代表國立歷史博物館館長黃光男先生的邀請，在台北、台中、高雄各地演講，均造成高潮，報章雜誌的文化版甚至稱之爲是一種「余秋雨現象」，爲白先勇最推崇的大陸當代學人。

鞦韆架

「鞦韆架」是一則純淨的中國故事，極富現代寓言價值。

劇情在一個盪呀盪的鞦韆架上於焉展開……

女主人翁楚云盪在鞦韆架上饒富興味地看著牆外那一批批趕考的人……楚云兩度女扮男裝赴考，一次代父求取功名，一圓父親的夢；一次是爲友作嫁，沒想到卻考取了狀元，爲皇上召爲駙馬，後幸得公主解救……她將鞦韆的繩索握在自己的手上，一會高一會低的，想著自己忽男忽女地，一會又是死，一會又是生，經這一次次的大幅度的晃盪，恍然明白生命的重心到底在哪兒，於是她走了下來，享受平地的滋味。

圖說：余秋雨和馬蘭在《鞦韆架》的排練現場。（楊學雷／攝）

引言：戲劇人生

一九四六年，余秋雨出生於浙江餘姚縣橋頭鄉車頭村。他在那裡出生，長大，讀書，直到小學畢業。十幾年前，這個鄉劃給了慈溪縣，因此，余秋雨就不知道如何來稱呼家鄉的地名了。

這個餘姚實在是令人無法繞過去的：河姆渡文化遺址，上林湖的越窯；還有大量的很有分量的學人：嚴子陵、王陽明、朱舜水、黃宗羲等等，有不少是著名的浙東學派的著名人物。而梅乾菜和楊梅是余秋雨感受非常深刻的特產。

影響余秋雨最深的還有一個人：余秋雨的父親，在「文革」時，他的父親以「階級異己分子」被關押，受盡折磨。余秋雨在一九九七年一月九日台中東海大學的一次演講中，談到「體諒對方」時說：「在這個問題上，我想鄭重地向大家介紹一個值得我學習的人，這個人就是我的父親。」

余秋雨是這樣說的：

父親在「文革」中受盡苦難，多次都想自殺，真可謂九死一生。待到「文革」結束，「四人幫」被捕，上海進入了長達三年之久的極度嚴格的清查時期，清查「文革」中作惡的造反派。清查工作組多次詢問父親「文革」中直接審查他的是哪幾個人，我父親總是說：「大概是幾個年輕人吧！完全記不得了。不能怪他們，『文革』是上面發動的，他們年幼無知，響應號召罷了。我如果不被關押，可能也很積極。」他的這種態度使我和幾個弟弟都很生氣，幾次盤問，他都不講。我突然想起我去農場前與父親告別，曾去求過一個造反派，便問父親這個人叫什麼名字，父親說：「問這個幹什麼？他那次不是讓我們見面了嗎？挺好的青年，名字忘記了。」

直到去年，我收到一封來自甘肅的信，信中說，他是我的忠實讀者，但每次讀我的書都感到深深的愧疚，因為他是「文革」中審查我父親的造反派成員，給我們的家庭帶來過不小的災難。他說他見過我，還記得我去農場前與父親告別的可憐樣子。信後，是他一筆一畫的簽名。

我把他的名字告訴父親，父親根本沒有忘記，但只是關切地問：「他怎麼到甘肅去工作了呢？那兒離上海太遠了。你如果回信，一定代我向他問好。」

這時，我看著蒼老的父親，忍不住流下了眼淚。我們民族的災難太多了，老人不想用仇仇相報來延續災難。他一再說忘記了，是想讓他的兒子們及早走向祥和，走向寧靜。於是，我在寧靜中寫下了那麼多文章，在眾多讀者中擁有了一位甘肅高原上的讀者。

一九五七年，余秋雨十周歲時，他吃過了楊梅，拜別了上林湖畔的祖墳，就登上了前往上海的火車。在他的小小的行李包裡，有一瓶楊梅燒酒，一包梅乾菜，活脫脫是一個最標準的餘姚人。一路上還一直在後悔，沒有在上林湖邊撿取幾塊碎瓷片隨身帶著，作爲紀念。

不久，余秋雨在與上海同學的交流中練就了一口純正的上海話。起初「到了上海，幾乎無法用語言與四周溝通，成天鬱鬱寡歡。——最傷心的是我上中學的第一天，老師偏偏要我站起回答問題，我紅著臉憋了好一會兒終於把滿口的餘姚話傾瀉而出，我相信當時一定把老師和全班同學搞糊塗了，完全不知道在說什麼。等我說完，憋住的是老師，他不知所措的眼光在厚厚的眼鏡片後一閃，終於轉化爲和善的笑意，說了聲『很好，請坐。』這下輪到同學們發傻了，老師說了很好？他們以爲上了中學都該用這種奇怪的語言回答問題，全都慌了神。」

「幸虧當時十歲剛出頭的孩子們都非常老實，同學們一下課就與我玩，從不打聽我的語言淵源，我也就在玩耍中迅速地學會了他們的口音，僅僅一個月後，當另外一位老師叫我站起來回答問題的時候，我說出來的已經是一口十分純正的上海話了。短短的語言障礙期跳躍得如此乾脆，以致我的初中同學直到今天還沒有一個人知道我是從餘姚趕到上海來與他們坐在一起的。」

「這件事現在回想起來仍感到十分驚訝，我竟然一個月就把上海話學地道了，而上海話又恰恰是特別難學的。」（余秋雨〈鄉關何處〉）

我之所以引用這麼一大段原文，是想說明這樣一個事實，這個事實往往爲余秋雨的研究者、批評者、批判者所忽視：余秋雨對語言有天生的超強領悟力和駕馭能力，這多多少少能夠解釋，不僅寫了如此優美的散文，並能把學術文章寫得通俗好讀，如《藝術創造工程》成爲準暢銷書，爲大學生所愛讀。也不難解釋余秋雨高中畢業在上海全國高校統考中獲得了第一名。若那些非難者早點知道這一點，他們是不會說出「余秋雨不通外文」這句話的。

一九六三年余秋雨高中畢業了。余秋雨儘管在上海市作文比賽中獲大獎，但還是初步選擇應該考外文系。於是後來全國高考塡的第一志願是洛陽軍事外國語學院，「聽說這個學校畢業後能做外交武官，情報人員，這對一個男孩來說太刺激了。」

但就在余秋雨還沒有打聽出報考什麼樣的外文系時，上海戲劇學院鼓動他參加該校的戲劇文學系的提前招生考試。促使余秋雨參加的原因是來招生的人員告訴他，他的競爭者有中國科學院院長郭沫若推薦來的曲信先，巴金的女兒李小林。結果兩個學院都錄取了他，最後因上海戲劇學院提前拿到了檔案，余秋雨去了上海戲劇學院。

後來，余秋雨遇見起初來招生的那位老師，余秋雨說：「我的大半輩子被你騙過來了。」他一笑：「騙來一位院長，値。」

在讀大學期間，遇到了「文革」，余秋雨的父親被關押，他是全家八口人生活經費的唯一來源，這一下全家被推入了絕境。余秋雨當時雖然還不到二十歲，卻是長子，想到能救助他們的只有在安徽工作尚未成家的叔叔，但剛剛想到就傳來了噩耗，叔叔受不住批鬥自殺了。七十多歲的祖母趕到安徽抱回了自己最小兒子的骨灰，然後，偷偷找到他父親的單位，冒著危險從門縫裡戰戰兢兢地看他父親受批鬥，因爲按照心理素質，父親更容易自殺。當時全家的生活，靠他的剛剛初中畢業的大弟弟出海捕魚來維持，未成年的弟弟每次回到上海都不敢回家，先找到余秋雨，小心翼翼地問爸爸自殺了沒有。而余秋雨在大學裡雖然是個學生卻也逃不開造反派的包圍，因爲余秋雨沒有造反，而且其他沒有造反的同學都信任他，因此余秋雨成了造反派的眼中釘。余秋雨當時僅有的就是那些沒完沒了的擔心與害怕——害怕父親自殺、害怕家遭查抄、害怕父親罪加一等、害怕大弟弟在海上出事故、害怕兩個小弟弟生病——從一九六六年六月到一九六八年十二月，余秋雨離開上海去農場勞動，每一天都是這樣度過的。

在上海戲劇學院，因爲那個砸爛一切的年代，所以余秋雨在課堂裡並沒有學到什麼，很快，他們要下鄉去了，他們去的地方是江蘇太倉瀏河的郟家宅，當時一起去的是一位教師叫張可，也就是余秋雨一生中最重要的教師。爲此，余秋雨日後特別寫了一篇叫〈長者〉的散文。張可、余秋雨和一位農村幹部李惠民一起住在一戶農民家裡。張可成了余秋雨的良師和朋友。張可是著名學者王元化的夫人，她早年加入共產黨，後脫黨，專門研究莎士比亞。下鄉的機會，無意使余秋雨得到了一位免費的家庭教師，對他的一生影響很大。「現在回想起來，這麼多看似至高無上的大師早早地被一位女性的聲音話解了一大半，這節省了我多少鑽研的時間，提升了我多少鳥瞰的高度！減法比加法更值得感謝。」（〈長者〉）

後來，還尚未平反的王元化，給了余秋雨一封信，信中有幾句話讓余秋雨受用一輩子：「儘管身邊還有大量讓人生氣的事，但我可以負責地說，就學術文化研究而言，現在可能正在進入本世紀以來最好的時期。」

可以說，這些話是在一個喧囂的環境中一位長者對余秋雨的當頭棒喝！余秋雨至少有幾個月在嘮叨這「可能正在進入本世紀以來最好的時期」，回想著梁啓超、章太炎、王國維、魯迅、陳寅恪，不能不產生一種惶恐，怕大家的熱鬧中把一個重要的時機辜負。正是這種震撼和惶恐，使余秋雨將那部他多次提到過的克拉克的英文著作以為拐杖，向古代歐洲走去。

「這些年在海內外演講中總會被人頻頻問到，我從一個戲劇學者轉而投身多方位文化思考的最初動力，我總是回答：十幾年前，我收到過一位長者的信。」

接著，余秋雨當上了上海戲劇學院院長，並與馬蘭結婚。

余秋雨在一九七六年到一九八六年期間，有感於當時戲劇理論的匱乏，決定對戲劇理論進行系統梳理。

第一階段是余秋雨決定把人類幾千年來第一流大師們的人文思考成果做一次系統整理，然後順便看一眼他們對戲劇是怎麼說的。

余秋雨從古希臘開始，一個國家、一個國家地慢慢鑽研，文史哲全在視野之內，任何一位文化巨人都不放過。當時大陸這方面的翻譯資料非常缺乏，只好從各家圖書館搜羅英文書籍作爲主要對象，三年下來，日夜與高貴的靈魂對話，余秋雨感到是在脫胎換骨。他把厚厚的一堆學習筆記中與戲劇有關的部分抽出來交付出版，這便是長達六十八萬字的《戲劇理論史稿》。余秋雨本來想用這本書告訴讀者，世界上許許多多最傑出的戲劇思維根本不是什麼戲劇理論家完成的，而是無一不出自那些大哲學家、大思想家、大詩人之手。因此，我們如果要去面對這一至高層面的戲劇思維，就必須進入他們的宏觀天地，恣情遨遊。顯然，原想用一堆學習筆記與那些層層疊疊的專業界限開個玩笑，全然無意於戲劇理論本身，沒想到玩笑變成了正經，上上下下只剩下幾個可憐概念的戲劇界以超強的熱情接受了這本書，剛出版就獲得了全國戲劇理論著作獎，立即被選爲高校教材，四年後又被評爲全國優秀教材一等獎。

而余秋雨並沒有就此停止，因爲《戲劇理論史稿》只從古希臘寫到十九世紀，而當今學生遇到的二十世紀的課題，而二十世紀的審美方位卻發生了根本性的轉移。如果把這件事因勢利導地做下去，就必須把觀眾的接受心理作爲二十世紀戲劇美學的基礎。余秋雨花了一年多時間學習和研究，寫出了《觀眾心理學》，這本書也獲了獎，但不是戲劇理論獎，而是哲學社會科學著作獎。在研究階段，余秋雨用實證態度進行研究。他帶著學生在劇場每一個角落進行調查研究，已經無法瀟灑看戲了。

在《觀眾心理學》寫到一半時，余秋雨就已經發現，觀眾在劇場裡的心理波動固然重要，但更重要的是一個人種，一個民族的心理積淀。於是投入了文化人類學的研究，很快梳理出一部《中國戲劇文化史》。在這階段，余秋雨也同樣進行了大量的社會調查。爲了調查明代以來大江南北風靡昆曲的資料和遺跡，爲了探尋近代以來中國民間最普及的劇目是哪一種，爲了親眼目睹作爲活化石存世至今的儺戲演出情況，他和助手們不知走了多少路，冒了多少險。在寒冬臘月，余秋雨在一個山區看了儺戲，他一個人必須連夜趕到很遠的江邊去搭明晨的船隻，兩手都握了防身的石塊，肩上背著照相機和書包，在黑森森的荒山野嶺間尋路。余秋雨怕萬一遇見一兩個惡人，看到他帶眼鏡的書生模樣而起歹心，遂摘下眼鏡放在口袋裡，跌跌撞撞地行走。

接著，余秋雨又寫了一部《藝術創造工程》，余秋雨在這部書表達了這樣一個觀點：文學藝術家既要弄清楚自己立足的土壤，更要煥發創造精神，不能玩土壤而停步不前。余秋雨認爲，他的理論不應停在民族的穩定性上，而應落在民族的創造性上。

當余秋雨把這些大部頭作品完成時，突然發出這樣一個念頭，他該走出教室去遠行了。於是，余秋雨便藉各地邀請他講課之便，開始全國的遊歷。當他到了甘肅一個旅舍時，他便覺得該寫一點文章。

寫出第一篇別樣的文章，一篇叫〈風雨天一閣〉的「習作」，這可以說是余秋雨的第一篇散文。余秋雨說，《文化苦旅》有作爲一個初學寫散文者所有的優點和缺點。當余秋雨把「習作」交給《收穫》的副主編李小林時，他根本沒有想到他的專欄文章《文化苦旅》及以後《山居筆記》《霜天話語》（出版時改名《霜冷長河》）成了暢銷書，至今沒有一本不暢銷。在不久前的中國圖書商報的每月圖書排行榜上，這三部書均名列其中。

接著，余秋雨便走向了多元的文化思考之路。他的生活也充滿了戲劇性。

藝術與愛情

也許令余秋雨始料不及的是，他的一封「一個勸告」會波瀾驟起，也在全國引起一場轟轟烈烈的文化打假運動。事後余秋雨承認，若他當時忙一點或懶一點，就不會寫這篇文章。因為在此之前，他多次讀到那篇「不真實的好話」〈余秋雨和馬蘭〉，皆置之不理。

余秋雨致孫某：不要說不真實的好話

一九九八年七月二十八日晚，十一時許，電話鈴響，沒想到是余秋雨。在這之前，我曾經就他不得不在內地出版《山居筆記》採訪過余秋雨。余秋雨說最近上海《青年一代》登了一篇〈余秋雨和馬蘭〉，文章寫了他的戀愛過程和生活瑣事，絕大多數爲子虛烏有，憑空捏造。他早已看過此文，但作者孫某像撒傳單那樣到處發表，所以想寫封信勸勸他。他希望我找一家嚴肅但影響不太大的報紙發表，他並不想興師問罪，主要想藉此談及轉型期的文化問題。余秋雨說，作者孫某在文章中寫到，余秋雨最愛吃火鍋。但事實上他一點也不愛吃。我聽了忍不住笑出聲來。

當晚，余秋雨向我發來了傳眞，因他的傳眞機突然出了毛病，傳了好多次，每次只能傳過來許多碎片，幾經周折，才拼湊成一篇文章。傳眞一篇文章，折騰一翻，似乎注定了這篇文章要引起軒然大波。全文如下：

致孫敏先生

孫敏先生：

最近，在《青年一代》雜誌又讀到了大作〈余秋雨和馬蘭〉，促使我給你寫這封信。這篇文章，你在全國各地的報刊上大概至少已經發了十幾遍了吧？

我和馬蘭都非常驚訝，你所寫的這些故事，是從哪裡聽來的呢？文章開頭所說的事情，在我們聽來簡直是天方夜譚，後面所說的種種，也大多是捕風捉影。據上海一位編輯告訴我，她曾給你打過長途電話，詢問材料來源，你居然說我在哪座城市的街頭與你相遇，站在路邊對你說的，而且我還邊說邊從上衣口袋裡掏出一張照片，請你同時發表。我當然也不排斥你遇到一個騙子或精神病患者的可能，但你為什麼不把那張照片與眼前的人對照一下，這是我嗎？也許，這個騙子和精神病患者長得與我很像？

我和馬蘭既不認識你，也沒有聽說過你。你如果要寫文章，為什麼不稍稍核對一下？你可能找不到我們，但隨便找一個認識我們的人問一問，不至於太難吧？

各地讀了你這篇文章的朋友，紛紛來電話說你的文章格調比較低，但口氣還比較善意，因此勸我不必理會。但誰料想你像撒傳單一樣到處投稿，使我不能不請律師給你打一個電話了。我是一個寫文章的人，雖然寫的不如你多，也算是你的同行。如果我想把自己的生活公諸於世，為什麼不自己動手呢？我認為，一個人在社會上稍稍出了一點名，也應該自知社會需要自己的究竟是什麼，而不應該拿著自己的事去騷擾民眾。我能給予大家的是文化思考，馬蘭能給予大家的是表演藝術，至於我們的私事，就未必比千家萬户都有的私事更有價值。一個人的事業成績如果要換得別人對自己更大範圍的關注，在我看來是一忘乎所以的矯情，如果社會也出現了這種非分的關注，我們就應該矯正，而不是迎合。

憑著自己的臆想和道聽途説編織一個個稍有名氣的文化人的故事，然後公開發表，其結果一定會損害這些文化人與廣大讀者、觀眾的正常關係，又破壞自身情緒，對文化有什麼好處？

中國文化現在急需克服文化生態環境上的無序與無聊，其嚴重性已遠遠超出對某個人是善意還是惡意的問題。就連我這個完全不值得人們過多關注的普通文人，這幾年也在傳媒間被紛紛謠傳，一會兒説我給某個批評者寫了一封奇怪的信，有人還就此發表一篇奇怪的評論，我若想申辯又覺得事情太瑣碎，犯不著浪費別人更多的版面和注意力。相比之下，你文章中講的事就更小了，你又十分善意，容易説的明白，因此就寫了這封信。

冒犯了，僅供參考。

順致

敬禮！

余秋雨

一九九八年七月二十八日

余秋雨對我說：「我們結婚那麼多年，別人再來構想遙遠的故事太好玩。我們非常渴望平靜的生活，不希望別人給予過多的關注。」

於是，我去尋找那孫某的「大作」〈余秋雨和馬蘭〉。

流言之始

經多方尋找，記者找到了孫某之大作〈余秋雨和馬蘭〉：

余秋雨的大名幾乎家喻戶曉，他的生活變得格外忙碌起來。不停地到全國各地做報告、講學。可是，一回到家裡，外面的喧囂和家裡的冷清形成鮮明的對比。余秋雨渴望一個溫暖而寧靜的港灣。這時，他遇到了馬蘭。當時，馬蘭有一位在上海戲劇學院當教師的男朋友，兩個感情很深。後來，男朋友在一次車禍中不幸身亡。當時正在外地演出的馬蘭聞訊後，迅速前往上海戲劇學院，撫屍痛哭，悲痛欲絕，在場的人們無不為之動容。當時身為上海戲劇學院院長的余秋雨作為校方負責人對死者的家屬表示慰問，那是余秋雨第一次見到舞台下的馬蘭，他被馬蘭的痴情深深地感動了。

……

兩個人相親相愛，卻經常不在一起，這對今天的年輕戀人們來說是不可想像也是無法忍受的。無奈余秋雨總是太忙，馬蘭有自己的工作。更多的時候只能透過電話交流感情。

當他們外出時，每到一處都喜歡吃一些當地的名小吃，尤其對重慶的正宗火鍋頗感興趣，余秋雨說：「我與馬蘭都喜歡吃豆腐麵、拉麵、海味和帶有麻、辣、鮮、甜的美味食品，凡是綠色食品和黑色食品我們都愛吃，廣味和川味各有持色，持別是重慶大鍋，只要進入我倆的口中，真是印證了那句廣告詞：『味道好極了』。」

「我只想像大哥哥一樣勸勸他」

我當即與北京一家青年報聯繫，這家報紙的人物新聞版責任編輯是我的最佳搭檔，我已在人物新聞版連發了十多篇文章，她對我的文章特別放心。但她要去新疆考察，所以找了另一名編輯代班，並關照他與我繼續保持聯繫。他與我聯繫上之後，對此信非常感興趣，初定於八月五日的人物新聞版刊登。

七月三十日，余秋雨又打電話給我，說把信作了修改，希望發表時使用修改稿。他說：「我只想像大哥哥一樣勸勸他。」這天，他的傳眞機已不能用了，第二天余秋雨才讓他的朋友給我發來這一封信。信的題目已改爲「一個勸告」，照錄全文如下：

孫敏先生：您好！

最近，在《青年一代》雜誌上又讀到了大作〈余秋雨和馬蘭〉。這篇文章，您在全國各地的報刊上大概至少已經發表十幾遍了吧？

您的文章寫了一些生活瑣事，全為我們說好話，口氣十分善意，這是應該感謝的。但這些事，我們作為當事人怎麼有很大一部分都不知道呢？有的雖有影子卻又大相徑庭，讀了忍不住哈哈大笑。我估計您是道聽途說再加上自己的想像寫出來的。據上海另一家雜誌的編輯告訴我，他們也收到了您的這篇稿子，曾打長途電話向您核實材料的來源，您說是在某個城市的大街上遇到我，我站在路邊對您說的，而且還從上衣口袋裡掏出一張照片請您同時發表。這實在有點不可思議。當然我也不排斥您遇到了一個騙子或精神病患者的可能，而他的外貌又與照片上的「我」非常相像。

不管怎麼說，孫敏先生，說好話也要講究真實。不真實的好話與不真實的壞話，在社會功能上是一樣的。例如幾年前我曾看到一份材料，說我早年的幾部學術著作產生過國際影響，問其理由，說是我國一個戲劇代表團曾把這幾部著作當作主要禮品贈送給歐洲某協會。但我這幾部著作並沒有翻譯成外文，也根本不是人家點名索取的，只是代表團一時找不到合適禮品，胡亂贈送罷了，外國人連翻都不會去翻一下，談得上什麼國際影響？我當即要求把這樣的「不真實的好話」改掉，因為這種吹噓反而會讓人家輕視我們，效果比罵我還壞。須知，大量不真實的傳遞只能加劇文化信號的無序和錯亂。中國文化在這方面吃的虧已經夠多的了。

另一個問題是，即便所寫全部屬實，有沒有必要把某對夫妻的生活瑣事十幾遍地發表，去浪費讀者那麼多時間？即便是稍稍出了一點名的文化人，他們可以面對社會的是他們的專業成績，而不是其他。我能給予社會的是文化思考，馬蘭能給予社會的是表演藝術，至於我們的私事，就未必比千家萬户都有的私事更有價值。一個人有了一點專業成績如果就想換得別人對自己更多生活領域的關注，在我看來是一種忘乎所以的矯情，而且他們的生活也就很難再過得真實而平靜。

由此引出一個更大的問題：在社會轉型期，世事繁雜，廣大民眾的集體注意力十分值得珍惜，而我們的媒體空間又不是很大，如果再讓它們浪費在平庸的泥淖中，於心何忍？我覺得在這一點上我們不忙去摹仿海外那些閒得發慌的小報，因為我們現在還很難偽裝悠閒。且不說國計民生的種種大難題，即便是文明素質的消長、文化生態的進退，都還沒有騰出篇幅來細細商量，怎麼捨得花那麼多白紙黑字去讓大家關心「張家長、李家短」的囉嗦事？我這些年對報刊間不少與自己有關的謠傳和訐難一概不予辯駁，就是生怕浪費廣大讀者珍貴的注意力。試想，自己家裡有點噪音還怕干擾隔壁鄰居呢，哪裡忍心拿著與人家毫無干係的瑣事，去頻頻叩擊他們本來就不輕鬆的神經？

我和馬蘭雖然都不認識您，但從文章中看出您的善意，估計能聽得進我們的勸告，所以寫了這封信。冒犯了。

即頌

筆安

余秋雨

一九九八年七月三十日

之所以把這二篇文稿都發表，是爲了說明，余秋雨的謹愼與認眞。因爲事雖小，卻折射出一件大事——文化的眞實傳播。

對照第一封信，余秋雨的態度有三點不同：(1)體現出更加寬宏大量和息事寧人，並沒有任何興師問罪之意；(2)小心翼翼誠惶誠恐之意更爲明顯；(3)更多的論及了文化問題。然而，忠厚的余秋雨卻沒想到風波驟起。

成名後的余秋雨首遭退稿

如果說余秋雨現在還會遭遇退稿，一般人不會相信。然而，余秋雨的〈一個勸告〉眞眞實實地遭到了被譽爲「京城第一媒體」的一家青年報的退稿。當我把稿件傳給北京青年報代班編輯後，他要我去找那篇〈余秋雨和馬蘭〉，和〈一個勸告〉同時刊登，我認爲他犯了一個嚴重的錯誤，因爲我和余秋雨都已堅信：〈余秋雨和馬蘭〉是憑空捏造之作，要刊登此文無異展覽垃圾。因此藉口說找不到那篇文章。編輯也找不到那篇文章，於是希望我以採訪余秋雨的形式把其觀點表達出來。我不贊同，因爲這是對余秋雨的不尊重。最後的方案是，由我寫一點類似編者按的一段話。目的是交代一下余秋雨和馬蘭的近況。我寫下了這一段文字：

近期的上海某雜誌發表了作者孫某的〈余秋雨和馬蘭〉一文，文章寫了余秋雨和馬蘭的戀愛過程與生活瑣事。在此之前該文已在全國各地十餘家報刊發表。近日據記者及有關報刊調查，該文作者與余秋雨、馬蘭素不相識，也沒有採訪過余秋雨和馬蘭。文章所寫純屬子虛烏有。最近，有的刊登過此文的報刊已向余秋雨先生道歉。

七月三十日，著名學者余秋雨撰寫〈一個勸告〉的致孫某先生的信，信中除了對孫某的善意表示感謝外，主要論及了社會轉型時期的文化問題。並沒有興師問罪之意。目前，余秋雨和表演藝術家馬蘭，一個忙於寫作，一個忙於排戲。余秋雨接受記者採訪時說：「我們結婚那麼多年，別人再來構想遙遠的故事太好玩。我們非常渴望平靜的生活，不希望報刊給予過多的關注。」

某雜誌和有的報刊均指《青年一代》，這是一份非常嚴謹的雜誌，地處上海，和余秋雨的關係很熟絡，但爲什麼會發表這不實的文章呢？余秋雨說，因爲他們認爲〈余秋雨和馬蘭〉通篇說的全是好話，似乎對他無害。所以未加以核實。

然而，八月四日，北京青年報代班編輯帶著歉意告訴我，此文不能用了。這樣，走紅的余秋雨遭到了近年的第一次退稿，北京青年報也失去做一系列轟轟烈烈的好稿的機會，從新疆返回的責任編輯為此感到非常遺憾不已。

出來仗義執言的是羊城晚報。當天我打電話給羊城晚報科教文化部副主任何龍，他馬上拍板，用！八月六日，羊城晚報以頭條通欄的形式全文發表。我又寫了一則文化新聞發往全國各地，各地紛紛刊登。其中南京日報的〈不真實的好話比罵我還壞〉被眾多報刊轉載，並獲該報主辦的文體新聞萬元大獎賽三等獎。

北京青年報不用余秋雨的稿子自有其道理。但這也多多少少反映了這樣一個現實：一些小人之所以敢頻頻向名人發難，因為傳媒使小人和名人獲得了其他場合難以獲得的平起平坐的機會。

余秋雨你的勸告無效

最早對〈一個勸告〉作出反應的是一位叫王龍貴的普通讀者，他在八月八日撰寫〈勸告無效〉一文，後發表於八月十八日的羊城晚報，全文如下：

余秋雨先生：你好！

讀了你的〈一個勸告〉，如沐春風，如飲甘露。但恕我直言，勸告好是好，卻無效。

當今社會，有一大「景觀」已經形成，那就是吃名人：圍繞名人，（這裡不論真假），各色人等如經紀人般在馬不停蹄地日夜操作，以求分杯羹躋身名流。就說孫某吧！與你不沾親不帶故，甚至連面也沒見過一次，竟甘願熬打守夜爬格子，不惜說謊造假，一稿多投，在十數家報刊上把你夫婦大力表揚一番，你不但不領情，反面勸人家少寫生活瑣事，不要道聽途說、捕風捉影、自由想像。哎呀！這就是你的不對了，你這不是強人所難斷人之炊嗎？人家不認識你，又十分想寫你，不靠道聽途說靠啥？不憑點自由想像如何寫？不寫生活瑣事寫什麼？虧你還是大教授、大手筆、大名人哩，連流行於世的寫作要方、掙錢妙方都不曉得？至於文章真實與否，管他作甚？孫作者不是領導，也不是你的學生，他不會無緣無故的表揚你，他的表揚之意不在人，而在乎名利也，反正如今也不乏樂於被人炒的名人。因此，對孫某流者，你勸告無效。

敬重你的讀者　王龍貴

一九九八年八月八日

所謂「中國第一自由撰稿人」

透過輾轉打聽，我終於獲得了孫某的電話和手機號碼。八月二十七日上午，我打通〈余秋雨和馬蘭〉一文的作者，所謂「中國第一自由撰稿人」孫某的電話。

剛開始，我和他有這一番問答，大致意思如下：

問：我想就余秋雨先生勸你不要說不真實的好話一事進行採訪，請談談你的看法？

答：算了算了，余秋雨已經給我打電話說「誤會誤會」。

問：請問余秋雨什麼時候給你打電話的？

答：算了算了算了算了。

問：請問余秋雨什麼時候給你打電話的？

答：歡迎你到重慶來玩，我新買了一輛奔馳，我去機場接你。

問：好啊！有空我會去的。請問余秋雨什麼時候給你打電話的？

答：這……兩天前吧（八月二十五日——筆者）！

接著，孫某告訴我，他沒有採訪過余秋雨，但採訪過馬蘭，是一九九八年在安徽的一次筆會上。馬蘭很忙，每天要接受兩三個記者的採訪，記不起是有可能的。我問孫某，百分之十的合理想像是指哪些內容？孫某說，其實〈余秋雨和馬蘭〉百分之百眞實，說有百分之十的合理想像是給余秋雨一個下台機會。當初成都一家報紙採訪他，這個記者寫得過火，他並沒有想向余秋雨挑戰，儘管「余秋雨是名人，我也是名人」。當初上海一家雜誌編輯曾打電話向孫某核實該稿件，並問及材料來源，孫某說在某個城市大街上遇見了余秋雨，余秋雨站在馬路邊對他說話，並從上衣口袋掏出一張照片請他同時發表。這一次，他的採訪對象卻變成了馬蘭。我寧可信其有。

八月二十七日晚，余秋雨告訴我，孫某從未給馬蘭打過電話，馬蘭也從未接受過孫某的採訪。

我問：「你發表了這麼多文章，讀者肯定有疑問，這些文章是否是你自己寫的？」孫某說，天下文章一大抄，就看你會抄不會抄。毛澤東都借鑒別人的，一篇文章的內容不超過三分之一是自己的創作，就不算抄，一些數據也不算抄。其實，有人告你抄便是抄，沒人告你抄便不是抄。不過，有一個人曾告我抄他的，告來告去告他自己，因為實際上是他抄了我以前的文章，後來這篇文章我用了另一個筆名發表。

我問：「如果余秋雨、馬蘭跟你打官司怎麼辦？」孫某說，中國根本沒有法，你看這「法」字，左邊是水，說明有水分，右邊是去，就叫去他媽的法。在中國打官司，有錢就行了，錢多了，什麼也不怕。他還建議我，不要再寫豆腐塊，收入太少。要寫五千字以上的長文，要寫出感人肺腑、催人淚下，帶有傳奇色彩的東西。他多次邀我去重慶玩。

我把對孫某的專訪，一九九八年九月二日以〈天下有這等奇人〉為文，發表於羊城晚報，編輯何龍特別在「編後」說：發不發這篇稿子，的確頗費躊躇。發吧！我們就有展覽垃圾之嫌；不發吧！許多報刊可能還會登載類似〈余秋雨和馬蘭〉的稿。最後我們還是決定發，讓編者和讀者都知道天下有這等奇人……。

「不真實的壞話」

一九九八年九月四日，孫某透過有關傳媒繼續說不眞實的壞話。應該指出的是，重慶的絕大多數傳媒已經不給孫某說話的機會了，而是報之以一片打假聲。這天，孫某透過三峽都市報表示，張育仁以〈這傢伙，我認識〉一文在重慶法制報上對其進行「全面誹謗」，嚴重侵犯了他的名譽權。本來他對此類事已經無所謂，但他的某個朋友已經忍無可忍，要「修理」張，要對簿公堂討個說法，孫某稱，他從不認識張育仁，但憑藉他的「情報工作的厲害」，已經了解到張育仁爲西南師範大學的一位教師，目前張育仁已經躲起來了，準確地說已於九月一日離開重慶溜走了。

孫某還說，他剛和余秋雨打完了一場官司，根據上海高級人民法院的判決，余秋雨因誹謗其名譽業已敗訴。此事在前段時間的中國青年報、工人日報、人民日報（海外版）已經進行了報導。孫某還說，余秋雨之所以此次犯下大錯，主要因爲他不了解情況。余秋雨從報上見到孫某的大作後，問夫人馬蘭是否接受過採訪，馬蘭表示沒印象，且採訪過她的人那麼多，哪兒能記住一個孫某？對於以上孫某所說的所謂「事實眞相」，尤其三大報刊登的「余秋雨敗訴」一事，三峽都市報記者張力表示，他聞所未聞，當即表示驚訝，而孫某表示更驚訝：「這件事鬧得沸沸揚揚，你居然不知道。」孫某以上所言，我有充分證據表明，孫某完全胡說八道，相信讀者不難辨別。九月五日，孫某接受了三峽都市報記者張力的採訪，是又一番胡言亂語，則與九月四日所言自相矛盾了。

孫某說，目前替他打官司的律師是重慶市高級人民法院辦公室主任朱洪，他們對打贏這場官司充滿信心。孫某這次講述了與余秋雨打官司的另一版本。他說，余秋雨先在上海高級人民法院提起訴訟的，上海高院又透過重慶高院向孫某通知了這一情況。此後孫某的律師與余秋雨的律師進行了接觸，經一番唇槍舌戰之後，余秋雨的律師自知不能告倒孫某便動員余秋雨撤訴！張力在文章中指出：「由於此次孫某的『余秋雨撤訴』一說與上次『余秋雨敗訴』一說有很大的出入，本報記者立即提出疑問。孫某回答說，其他媒體對此事的報導都是『余秋雨敗訴』，所以上次才這樣對本報記者如是說！然而，據記者了解到，無論是孫某所說的對『敗訴』一事進行了報導的中國青年報、人民日報還是工人日報，都沒有刊登過這樣內容或暗示的文章。並且記者還立即給孫某此次又提供的『證據』——華西都市報重慶記者站打去電話，查明事實仍是大相徑庭！」

張力在文章中還說：「在又一次電話採訪中，孫某還提及他本人其實同余秋雨的夫人馬蘭關係不錯。然而，根據孫某上次的說法，是因爲馬蘭記不起孫某這個人，才引起余與孫之間的『誤會』或『筆墨官司』！那麼與馬蘭很熟的孫某又怎麼會被馬蘭不小心忘掉了的呢？對此，孫某無法自圓其說。在前日的電話採訪中，孫某確認張育仁是西南師大教師。而本報記者昨日與重慶法制報聯繫此事時了解到，張育仁係重慶師範學院中文系副教授、作家、重慶法制報副刊編輯。」

余秋雨說：連壞人都崇拜馬蘭

對於余秋雨和馬蘭的愛情，可以說他們從來沒有接受過別人的採訪。他們很清楚，他們該對記者說的是專業和藝術，絕不說私事。這也使得那篇說〈不眞實的好話〉的〈余秋雨和馬蘭〉得以到處發表。儘管余秋雨面對記者很少拒絕，但對於有關生活問題的提問，余秋雨和馬蘭拒絕得很徹底。

很抱歉，這裡無法提供一個余秋雨和馬蘭的完整愛情故事，但有一點與以往各種版本的「余秋雨和馬蘭」的愛情故事不同的是，本文所寫的一切，都是眞實的。

一九九八年七月的某一天，在北京天倫王朝飯店，時已晚上十一時，馬蘭打來了電話，說她摔傷了椎骨。余秋雨非常心疼，說，我這個老婆呀……什麼時候，我眞要好好的寫一寫馬蘭。

余秋雨說，什麼時候來一篇「余秋雨寫馬蘭」，然後來一篇「馬蘭寫余秋雨」，或者兩人每人寫一段，輪流寫。

在《霜冷長河》的代後記〈鞦韆架〉中，余秋雨首次寫了馬蘭。在我和余秋雨的電話交談中，他對馬蘭的稱讚從來是情眞意切、不加掩飾的。有一次，余秋雨說，馬蘭是個壞人都對她肅然起敬的人，連壞人都崇拜馬蘭。後來，余秋雨講了這樣一件事：

三年前，我和一群朋友在新疆烏魯木齊郊外的一個風景點玩，那裡剛剛發生過搶劫鬥毆事件，幾個主要肇事者已被拷在景區派出所的鐵欄杆上，準備押走，遊人們指指點點圍觀著。突然，不知哪位朋友出言不慎，遊客們都知道了我是誰的丈夫，興趣點全都轉向了我。更要命的是，那幾個在鐵欄杆上的犯人，也都笑著向我點頭！

一九九九年一月二十二日深夜，余秋雨和馬蘭去合肥的街道吃夜宵，麵條就叫「馬蘭拉麵」，在全國各地開了許多家，與馬蘭沒有什麼關係。但很快就有關係了，吃完結賬時，店主人開起了玩笑：「看你長得有點像馬蘭，便宜你五角！」

余秋雨說：「是啊！就因爲有點像，她還樂滋滋地給馬蘭寫信，可人家不回。」

店主人同情地嘆一口氣：「人家可是大人物啊！」

馬蘭深怕余秋雨與店主人這樣一來一往還會胡謅出什麼來，趕緊把他拉開，回家。

六月八日至十三日，由余秋雨策劃、編輯，馬蘭主演的黃梅戲《鍬韆架》在長安大戲院上演。六月二日，余秋雨與馬蘭在北京接受我的採訪。據了解，這一次採訪實際上是余秋雨與馬蘭對其生活的第一次正面回答。

《鍬韆架》為馬蘭量身而作

問：《鍬韆架》是爲馬蘭量身而作的嗎？馬蘭喜歡這個戲嗎？

余秋雨：當然非常喜歡了。因爲就是爲她「量體裁衣」的嘛。如果完全爲了文化思考的話，我可能會把這部戲寫的再深入一些。但因爲是馬蘭主演，我就必須考慮到她的基本觀眾。而且她眞的覺得比她以前演過的戲都好。

問：一般地方戲的做法是，地方戲先在當地或其他地方演紅了再晉京演出。而據我所知，《鍬韆架》只在安徽試演過黃梅戲音樂劇的版本，而現在版本不僅沒有在安徽試演，這樣做主要考慮哪些因素？劇中楚雲赴京趕考，對於馬蘭來說，也是八年來首次赴京趕考，主考官是廣大觀眾。對此有何感想？

余秋雨：現在由於全國訊息傳媒的快速溝通，已經沒有純粹的地方文化。《鰍韆架》無疑能到全國各地巡演。在這之前，以人才薈萃的北京作爲起點，可以受到高層專家，觀眾的公平的評判。馬蘭也多次說過，她以前的戲幾乎每次都是在北京首先受到公正評判的。

馬蘭：現在觀眾的欣賞水平，肯定大大提高了。所以到北京演出，不是一件可以掉以輕心的事。但沒有必要感到忐忑不安。我會以平常心對待。任何一個戲都會與觀眾有一個磨合階段，如果演了四五十場，那就好一些。我會提供一個明快的、生機勃勃的時間段與觀眾共賞。

問：清代戲劇家李漁說過，戲劇與小說同源而異派，他把小說稱做「無聲戲」，有人稱《鰍韆架》「激起了內心的激蕩，這是余先生總策劃的一篇富有幽默感的散文。」讀你的散文也處處出彩，處處有吸引力。你對此怎麼看？

余秋雨：我的學術研究是從戲劇學開始，其中一個課題就是觀眾心理學。我非常注意接受者的心理曲線，當然也包括讀者。我在寫散文時，不能容忍自己做一種讓接受者感到困難、含糊、煩惱的表述，我會注意對他們吸引力的節奏，注意如何回避厭倦。這對我的散文寫作作用很大，對演講也有好處。這與常年研究觀眾心理學有關，反過來，我的文化準備又援助了戲劇學，例如在《鰍韆架》試演後，北京一位高層學者看了認爲，人文精神和生命意識在文學界早已普及，但戲劇界很少涉及，但在《鞦韆架》中看到了人文精神和生命意識的高含量。

也曾拒演過

問：今年七月，我正在北京採訪余秋雨先生，你打電話來說摔傷了椎骨。秋雨先生曾在《霜冷長河》代後記中說你：「從小練功落下的傷，多年長途跋涉的演出日漸加重……」請問，你自演戲以來，全身上下有多少處傷？這些傷勢至今如何？

馬蘭：我的膝、腰、頸椎等都有傷，脊椎有點變形。（笑）功夫不怎麼樣，還惹得一身小毛病。雖然經常發作，但是小騷擾，沒關係。（余秋雨插話：《霜冷長河》發表後，許多讀者寄來了藥方，也有讀者自願要求用氣功幫助治療。）這一次受傷比較偶然，因爲排練廳不夠用，借了一個歌舞廳，我穿的披風是綢子的，一腳踩在綢子上，就滑倒了。

問：在民間，不少人稱你爲「小嚴鳳英」。請問嚴鳳英對你有哪些影響？

馬蘭：我不認為我是「小嚴鳳英」，也千萬不要把我與嚴鳳英相提並論。嚴鳳英把黃梅戲推上了登峰造極的地步，我對她很敬仰，不過我沒見過她本人，而從團裡的老一輩聽過她的故事。黃梅戲有今天，是嚴鳳英等一批老藝術家打下的江山。這個基礎非常難得。我很感激老一輩留下的財富，留下了活潑調皮可愛充滿質感的表演形式。我會把握住這一點，使發揚光大成為可能。但現在的問題是，黃梅戲受到電影等其他藝術的挑戰，守業比創業更難。但必須把本世紀最好的東西留下來，賦予新的生命，為黃梅戲尋找新的出路。

問：你拒演過嗎？

馬蘭：如果說有，可以說作出了一些選擇。不符合藝術特性，不符合黃梅戲藝術特點，不符合我的戲路的戲，我不會演。

余秋雨：去年，有一家當地虧損企業請她參加一場義務演出，她想既是「當地」又是「虧損」，義不容辭，答應得比接受中央電視台的邀請還快，而且鄭重其事，要我陪她前往。她把我看得很重，從來不要我陪她演出，這是第一次。但那天到禮堂門口一看，正面赫然掛一條紅布橫幅，上書熱烈歡迎某某先生文藝晚會。她就覺得有點不對勁，立即打聽某某先生是誰。別人告訴她，這是外省某企業的一位幹部，那家企業兼併了本省的這家企業，被兼併的企業用晚會來歡迎他。演出已經開始，她所在劇院一個上了年歲的高個兒男演員，正在使勁演唱。馬蘭一見，愴然停步，再也邁不動腿了。

她在自言自語：「兼併就兼併吧！兩邊都是國有企業，兩邊都是國家幹部，有必要低三下四地專門爲某個人開個晚會嗎？國家領導人來也沒有拉過這樣的橫幅啊！」

那位被歡迎的外省企業幹部年紀不大，一心只想見到他崇拜的藝術家，連忙趕到場外，反覆邀請入座。她客氣地與她握手，又抬頭看了一眼那條橫幅，說：「眞抱歉，今天我們自己省裡有點事。」

據說，這次拒演，又使她遭到本省同胞的非難。

我們不是「才子佳人」

問：有人稱你倆是當今「才子佳人」的典型，是嗎？你們的愛情火花與藝術火花是否相輔相成？

余秋雨：「才子佳人」的稱謂不合適。這是中國老文人心底一種陳舊、淺陋的夢想。其實，古代「才子」往往是二十出頭的風流型人物，我在那個年齡，正在軍墾農場拚死勞動，整個連隊連一名女同學也沒有，現在按照我的年齡，稱「才子」是一種幽默，我的學生中已有很多當上了教授，連稱他們為「才子」都嫌老了。馬蘭也很難說是「佳人」，她一直不認為自己長得漂亮，而且外貌肯定不是她的首要特徵和優勢。她是個比較成熟的、有才能的表演藝術家。我們的結合當然和共同愛好藝術有關，但只是「有關」而已。最根本的原因是覺得能和她一起過日子，她也覺得能和我一起過日子。在生活中，我們沒有請保姆，她拖地，我做菜，樂此不疲。在生活中，和藝術有關的只是極小一部分。我們共同看望雙方父母，去菜市場買菜，請外地朋友吃飯，使平常的日子過得很合適，這才是夫妻。這也許會給「才子佳人」的說法帶來一種失望，但遺憾，這是一種真實。

問：你曾說過，你的名氣沒有馬蘭大，這是否是你的謙虛和謙讓？

余秋雨：因為戲劇藝術和電視藝術的接受範圍要遠遠超過書面閱讀的階層，而書面閱讀的階層分為很多門類，讀我的散文只是其中一小塊。所以更多的人接受馬蘭，馬蘭的名氣遠遠超過我。只不過近幾年我的幾本書較暢銷，而馬蘭卻比較低調地在各地巡演，使得新聞媒體上出現了不正常的顛倒。不過，國外有些地方知道我的人較多一些，前幾年我們結伴去馬來西亞，我又是演講又是簽名的，在當地的報紙成了大新聞，而馬蘭的身分是「余夫人」，馬來西亞對戲劇缺少概念，他們只知歌舞電影，不知道這位看上去很高雅的女士是做什麼的。在當地報紙刊登了我們的合影：「馬蘭，中國大陸著名歌唱家。」

問：你曾在一篇文章中寫到：「幾年來，她一會兒對我說，今後說什麼也不能把我牽扯進去了；一會兒又覺得我寫作更苦、更傷心，還不如繼續幫她搞戲。說來說去，兩頭都無法落腳、無法多享受一點家庭氣氛，前兩天安徽一家報紙刊登批判文章，說『夫妻雙雙把家還』的這樣的情感方式，是放棄社會責任的一種表現。這種批判語氣在這塊土地上為什麼永遠顯得義正詞嚴？結果是，寫作不行，演戲不行，回家也不行。只能邋在鞦韆上。」

問：「只能邋在鞦韆上」是否是你們的生存狀態？

余秋雨：這是開玩笑，一個調侃（馬蘭插話：是遊戲心態），沒有背負很沉重的理念。

蘭室雨軒與生日禮物

問：你倆在安徽家中書房，掛了一塊「蘭室雨軒」的匾，請問有什麼含義？

余秋雨：這只是一個文字遊戲，「蘭室」、「雨軒」都是古代的俗語，字是我寫的，寫得不太好。

問：余教授，請你暫時撇開馬蘭是你的夫人，就以一個戲劇專家的身分來介紹一下作爲表演藝術家的馬蘭，如何？

余秋雨：馬蘭確實是一個非常優秀的表演藝術家，如果舉賢不避親的話，我不能不這樣說。首先，她不在舞台上玩弄唱腔、技巧、表演程式，而是集中自己的生命體驗，用最痛快的方式奉獻給觀眾。所以她在舞台上，就有一種罕見的亮度。當年曹禺看了她的戲後說，爲什麼你在舞台這麼亮？第二，她受過黃梅戲藝術的科班訓練，但又能超越表演，使她獲得了全國電視飛天獎最佳女主角、金鷹獎最佳女主角。那次在國外巧遇北京人藝的林連昆先生，他對馬蘭說，戲劇演員能在非戲劇表演中演得很出色的實在很少；第三，她還對表演之外的現代藝術、音樂、美術等都有很濃的興趣和比較廣闊的理解。

問：請問妳最愛讀余秋雨的哪一篇散文？

馬蘭：很多，如〈風雨天一閣〉、〈一個王朝的背影〉、〈蘇東坡突圍〉、〈關於善良〉、〈關於妒忌〉等。還有許多寫案例的文章，都覺得很有趣味，深入淺出，精神健康。《山居筆記》比《文化苦旅》要深刻一些。〈關於善良〉我曾經遍讀好幾遍，一夜失眠，想起了黛安娜、嚴鳳英。聽到北約襲擊中國駐南大使館，我心頭一震。人類追求善良，和平爲什麼會那麼艱難？在讀書時，往往會忘了作者是誰，讀余秋雨的散文也不例外。（余秋雨插話：我看她的戲時，看的是純粹的精彩表演，不是看我的妻子。）

問：與其他演員相比，有了這位戲劇理論與戲劇實驗都走在前面的丈夫，是否感到幸運？余秋雨對你影響最深的是什麼？

馬蘭：我並不只想找一個會寫劇本、在戲劇藝術上有成就的人做丈夫，我們的性格上互相吸引，志趣相投。他是一個有文化責任感的人，是一個非常注重精神品位的人，天性充滿了自由與歡樂。他以平和善意的方式與人交往。我們經常分手經常相聚，有時聚會的時間非常短暫。他對讀者的一個電話、一封信都十分認眞的對待，我曾經替他接過很多電話，想「擋駕」，但最終他「失敗」了。他很容易被別人的誠心所感動，甚至被小人利用。

問：你的篆刻水平很不錯，在《霜冷長河》封面印有你刻的「秋雨」章，身受圈內外人士好評，尤其讚賞那被敲掉的一角，頗具藝術性。余秋雨也曾稱讚：「我敢擔保，多數讀者會爲她的篆刻水平而驚訝。」請問你拜過師嗎？

馬蘭：在篆刻方面，我實在不敢開口。我連篆字也認不了幾個。不過，我看字畫時，會注意到印章，被那構圖所吸引。但我眞的沒有那樣的水平，也沒有時間拜師。受余秋雨的影響，家裡有一些書法，印章之類的書，經常看。我選擇琢磨吳昌碩、齊白石等人的篆刻，也喜歡西泠印社的那種氛圍。我的水平眞的很一般，也不懂刀法。刻那枚印章，是把它當成生日禮物送給余秋雨。用的是最普通的石塊，不小心崩掉一點，於是隨手一敲，就敲掉一個缺角。（余秋雨插話：這是藝術靈感，可遇不可求。）

問：有報導說，你曾苦練書法，並把剛寫的毛筆字電傳給余秋雨評判，是嗎？

馬蘭：我最致命的是字差，（余秋雨插話：她的毛筆字比鋼筆字好。）這是一塊心病。

余秋雨，您應該活得更結實一點

問：包括那個被你勸告過的孫某在內，有各種版本的「余秋雨和馬蘭」，其中一種說法是，在你與馬蘭認識時，是因爲馬蘭在上海戲劇學院的男朋友遇車禍身亡，你作爲領導前去悼念，認識了馬蘭。你對此怎麼看？

余秋雨：在接受你的採訪之前，從未有人採訪過我們倆人的個人生活。一直到目前爲止，上海戲劇學院都還沒有人遭遇過車禍，更別說有人因車禍而身亡的事件了。馬蘭聽到這個消息哈哈大笑：「我哪裡有這樣一個出車禍的男朋友？」

問：面對各種各樣的謠言，你們又如何對待的呢？

余秋雨：我們以善良爲本，站立在這個世界上，遇到不善良的事情，我們不能以不善良的方法進行報復。我的文章，馬蘭的戲，都是歌頌人間至情至愛。而生活中不愉快的小事，努力不去想它。在生活中聞到一股異味，不要伸舌頭老是去品嘗。我們應該呼吸新鮮空氣，面對鳥語花香。所以可以置之不理。馬蘭聽到凡是對她不公平的評價時，她不會讓傳話的人把話說完。我看到在報刊上罵我兩句，我會馬上停止閱讀，如果哪個報紙雜誌較多的刊登此類文章後，我會一段時間不看這份報紙。我受到巨大委屈後，馬蘭會找各種理由安慰我，馬蘭遭到巨大委屈時，我也會找各種理由安慰她。這理由往往有巨大說服力。於是安慰對方的理由，就成了自己的生活法則。那就是善良對人，原諒一切，決不自辯，歡快生活。

所謂「企圖署名」事件（參見本書第五十七～六十一頁——作者）發生後，在電話裡，雙方都裝做若無其事，小心地說話，小心地試探對方，都想瞞著對方。最後都明白兩人都知道了。馬蘭在電話裡放聲大哭。

現在沒什麼了。以前，我們不忍心對方受到傷害，有人傷害馬蘭時，受到傷害更大的是我。而現在，誰也傷害不到我們，我們結實了。

馬蘭：現在，我倆會把這些當成笑話，對對方進行攻擊和取笑。有一個讀者在給余秋雨的信中說：「余秋雨，您應該活得更結實一點。」

歷史與黑箱

余秋雨的生存狀態和方式，遭到了不少人的非議，這種非議又主要來自他所屬的群體。這種非議的沸點是要他交代所謂的「歷史問題」。

「我想做個自由撰稿人」

一位著名學者經過冷靜觀察告訴余秋雨：「記住，天底下沒有一個人眞會對一篇散文中史料細節的疑義，產生那麼大的憤怒。憤怒的是你這個人。」

余秋雨既不再做官，又不去爭位，也沒有下海，更不參加任何爭論，也不認識他們，有什麼可以憤怒的呢？

這位學者說，這是無名之火，無名之火的火氣總是最大。除了別有目的的人，其他人主要是有點不習慣余秋雨這幾年選擇的生存方式。這種生存方式是：余秋雨既是學院派學者又被世俗接受，主動辭官又參加各種文化策劃，不標新立異卻又受人關注，更要命的是居然在海外產生那麼大的影響。在社會轉型期，一切的文化生存方式都是在比較中驗證自己的價值。

這可謂一語中的。

一些批評文章說，既然是一名學者，就不該親近電視，就不該替女明星的寫眞集寫什麼序言，甚至乾脆叫喊：「余秋雨，甭給我談文化」。

批評者既然如此在意余秋雨的生存方式，那麼近年來余秋雨究竟選擇了哪一種生存方式呢？

一九九二年，余秋雨辭了五十二次，終於辭去了上海戲劇學院院長一職。至於辭職的原因，一九九九年春在北京大學演講接受學生提問時說，當院長經常要和平庸的人打交道。另外，他還曾告訴我，他很想做個自由撰稿人。在《文化苦旅·自序》中：余秋雨作了這樣的思考：

我們這些人，為什麼稍稍做點學問就變得如此單調窘迫了呢？如果每宗學問的弘揚都要以生命的枯萎為代價，那麼世間學問的最終目的又是為了什麼呢？如果輝煌的知識文明總是給人們帶來如此沉重的身心負擔，那麼再過千百年，人類不就要被自己創造的精神成果壓得喘不過氣來？如果精神和體魄總是矛盾，深邃和青春總是無緣，學識和遊戲總是對立，那麼何時才能問津自古至今一直苦苦企盼的自身健全？

我在這種困惑中遲遲疑疑地站起身來，離開案頭，換上一身遠行的裝束，推開了書房的門。走慣了遠路的三毛唱道：「遠方有多遠？請你告訴我！」沒有人能告訴我，我悄悄出發了。

余秋雨旅行的方法：一不找旅行社；二不獨行；三不以參加「研討會」的名義。因他平時受邀請的講課挺多，所以就利用講課來遊歷。有了接待單位，許多惱人的麻煩事也就由別人幫著解決了，因而也就沒有研討會旅遊的煩囂了。儘管他遊歷時並沒有辭職，但已經作出了選擇，正如一首歌所云：「再也不能那樣活」，那麼，該怎麼活呢？他所做的嘗試如下：

第一，疏離固有的行政社團系列，堅持作為一個自然文化人的獨立思考。

第二，疏離固有的文化計畫生產機制，尋求自發形態和原創形態。

第三，疏離固有的文化自閉，自享循環圈，爭取在更大接受群體中的文化有效性。

第四，疏離固有的專業定位，關注多方的文化建設和文明積累。

這就是余秋雨的生存方式，余秋雨說：「我想，很多青年評論者對我的不適應，正是與這些選擇有關。只可惜他們那麼年輕卻不願抬起頭來往前看一看，我原本倒是想追趕他們的。既然他們一轉身繞到後面去了，我只能靠自己繼續思考，繼續實踐，但要把我轟逐出去，已經沒有可能了。」

有人說：學術明星滿嘴假話套話

余秋雨對電視確實非常接近，他參與過幾十部電視劇的策劃，浙江教育電視台在創辦初期曾連續播出半年的《秋雨時間》。他擔任過一系列電視直播的國際國內辯論賽評委，其他各級電視台的專題採訪則更多了。余秋雨的出鏡率確實很高。於是招致了各種各樣的批評。其中以〈電視與學術明星〉一文較有代表性。

這篇文章的作者是一位研究中國自由主義知識分子知名的中年學者，他認爲，按理說，學者選擇這樣的媒體來傳播自己的思想，並影響大眾的觀念本是無可厚非的，但爲什麼，人們對學者的表現看不上眼呢？稱他們是學術明星，這還是客氣的，我在私下裡聽到的還有學術流氓、學術走狗之類的說法。不管這話中聽不中聽，我們僅把它當成是一種情緒化的反映，從中來反思一下學者自身的表現吧。我們生活在一個什麼樣的時代，學者應該比大眾明白，但實際上那些成爲學術明星的學者卻糊塗得很，他們以爲自己在電視上頻頻出鏡，並在一定程度上影響著大眾，我看這是自作多情。多數人並不這樣看，作爲學者，老百姓是希望他們能在電視上出現，但這只是問題的一面，他們更希望的是聽到學者在電視上說出眞話，說出良知，說出不同於平常在電視上露面的那些人的語言，但他們常常失望。說實話，有些學者在電視上談起問題來，實在不像個學者，而更像個官員，假話、套話滿嘴，老百姓怎麼能不叫你學術明星呢？

作者還說，他本人是堅決反對成爲學術明星的，因爲我有一個基本判斷，電視不像手中的筆，由不得自己，你在那裡侃侃而談的，只能是你既不想說，別人也不想聽的話。人們反感學術明星，主要是這些，所以那些想為自己辯護的學術明星，我認為還是要虛心一些。在這點上，老百姓比我們清楚，你在一個不由你的地方談話，不說假話才怪呢。

我認為這位學者說這話至少有這幾處不妥之處：第一，報刊和電視一樣，受到各種各樣的限制，假如因為學者不能在電視裡全說眞話而要學者放棄電視，那同樣應該讓學者放棄報刊等媒體；第二，許多學者並不是不願上電視，而是上不了電視，如果中央電視台想請他談談「關於學術明星」，沒有跡象表明，他會推辭；但這與學問高低關係並不大，只是很多學者沒法把他的思想用通俗易懂的說法說出來，但余秋雨能；第三，對上了電視就罵學術流氓，學術走狗，未免有酸葡萄之嫌。

「電視文化恰恰是我『自己的學問』」

一九九八年，中央電視台曾經做「大學生最喜歡的學者」專題系列，余秋雨受歡迎的程度高居眾多學者中的第一。所以有關電視明星的爭論也引起了學生的關注。其中一位叫王麗宙的同學還特地寫了一封信給余秋雨：

余教授：

我看到一些報刊在談您時，常常會表達出一種遺憾，覺得您作為一個學者，與電視太親近了，並由此引起反覆討論。這事在我們學生宿舍裡也引起爭論，多數讀者認為現代文化沒有必要拒絕傳媒，但也有一些同學同意報刊上的那些意見，認為學者還是集中精力鑽研學問為好。我很想聽聽您自己對這一問題的看法。如果沒有時間詳談，只須告訴我，是您對電視台的邀請盛情難卻，還是本來就有主動性。

王麗宙

余秋雨回了信：

麗宙：

是我本來就有主動性。

不少朋友希望我不要過於親近電視，安心鑽研自己的學問，這完全是好意。但是，這些好心的朋友不知道，電視文化正恰是我「自己的學問」，而且是學術主業之一，也是我主持的博士點的專業科目。我不能因為寫了幾篇散文，就要放棄我的學術主業。一個木匠空下來也能炒幾個菜，但不能說他不做木匠活是不務正業。我親近電視，就是木匠親近他的墨線鋸刨。

但是，我倒由此想到三個值得討論的問題：

一，為什麼我們文化界一想到學問，便立即產生一個約定俗成的範圍，幾乎不會想到諸如電視文化這樣的領域呢？

二，如果不以電視文化為專業的其他學者，在電視上做了幾次談話節目，算不算不務正業呢？

三，為什麼我們歐洲學術界的同道們頻頻上電視，不僅歐美的觀眾沒意見，連我們中國觀眾也沒有非議呢？「中國學者」，在學術形象上與國際同行相比，有什麼特殊需要遵守的規則？

這幾個問題雖小，卻關係到世紀之交中華文化從內容到形式的幾處要害，想想很有意思。我還會多想想，謝謝您來信的啓發。

余秋雨

余秋雨抨擊錢鍾書？

一九九八年一月，陝西《文友》雜誌發表〈余秋雨問答〉一文，其中有一個問題是這樣的：

問：有人說你是學者兼明星式的人物，您對此有何意見？

答：我完全不拒絕現代傳媒，上電視為什麼不可以？只不過介質不同。魯迅當年寫小說，白話文上《晨報》副刊。真正有文化良知的人不吝於把自己的聲音送到每一個平民的耳朵裡，為什麼關在象牙塔、小庭院裡孤芳自賞，以自閉的方式保存文化的崇高感，充當文化貴族？我的體驗、感情是與生活的土地生息與共的，上電視其實是走向通俗、走向大眾。在這一點上我不贊同錢鍾書的觀點。楊絳曾經說，他們就像紅木傢俱一樣，稍微一碰就會散架。事實上，很多時候媒體需要專家發表他們的意見、看法，而真正在電視屏幕上談吐、形象都合格的人並不多，中國的知識分子要不要上電視，就跟慈禧當年與大臣商議要不要坐火車一樣可笑。

此文一出，引起了很大反響。儘管錢鍾書近年受到不少學者的議論，但像余秋雨這樣的學者對其批評尚屬首次，而且，幾乎沒有人會懷疑余秋雨是否眞的說過這話，不過，其中重要的一點是，這番回答確實有點余秋雨式。一九九八年一月二十四日，文藝報發表署名劉策的〈錢老閉門鑽研橫遭批評，余郎流光溢彩幾人稱羨〉一文，對余秋雨進行了批評：

稍有知識的人，都應該知道錢先生的為人，知道錢先生是一位真正的學者。同樣，余先生也是一位學者。學者若想作出真學問來，應該是耐得住寂寞和淡泊人生的，錢先生可謂是這方面的典範——文化、學術界皆知。而眼前這位學者對此「不以為然」，且用了十分尖酸、刻薄的話語去嘲弄錢先生……。

余先生用這般冷酷的言辭挖苦一位真正意義上的學者，其目的何在呢？我終於悟出一點，即余先生原本是極想出名、極喜歡熱鬧、上電視報刊風光的。但余先生畢竟也算是個「學者」，自然不好意思玩得太粗俗，只好以批評錢先生，來為自己的世俗習氣找個托詞罷了。……我們可以看到余先生多少是有些虛偽的，至少是個嫌疑人。

面對傳媒的非議，余秋雨首次開口說話

不太看報的余秋雨在文藝報讀到這篇文章，簡直丈二金剛摸不著頭腦。於二月九日，寫了〈我的說明〉一文，並於二月二十一日發表於文藝報：

很多朋友來電報告，文藝報最近載文，批判我在西安攻擊錢鐘書先生，理由是某個刊物一則報導中提到，我不同意錢先生對傳媒的觀點。對此，說明如下：

一，我到今天還不知道錢先生對傳媒的任何一個觀點，怎麼可能說同意不同意？哪位先生能夠告訴我這方面的觀點？

二，去年到西安開會，我確實對記者們提出的一系列問題作過書面總答覆，一共好幾頁。我沒有留底稿，西安新聞界的朋友應該能夠找到這份答卷，我願意對這份答卷負責。一翻答卷便知，記者問及「回歸學問」的問題指的是陳平原先生，而不是錢鐘書先生。

三，我參加過熱鬧的採訪，幾家報紙的記者在一起採訪好幾位作家，大家隨意閒聊，事後記者們怎麼寫稿就搞不清了。但我不記得有人攻擊過錢先生，因為若是這樣，在文學界是一件很敏感的大事，大家都會記得。好在參加者甚多，不難核查。

幾年來對於批判我的文章，不管多麼激烈和密集，都從未回應，因為一切批判文章真正面對的是讀者的良知和判斷力，與被批判者關係不大。這次終於作第一次回應，因為事情關及讀者作出判斷的原始真實，又關及我素來敬仰的錢鍾書先生。

一九九八年二月九日於深圳

一九九八年七月十八日，余秋雨接受了香港鳳凰衛視楊瀾的採訪，繼續說話。

楊瀾：實際上你是怎麼說的？

余秋雨：我確實在課堂和演講中說過錢鍾書先生和電視的問題。我說，一切真正關心社會的文化人都不會拒絕傳媒，連魯迅都願意把自己的小說發表在通俗報紙上，但魯迅沒有遇上電視，因此說到了錢鍾書先生，錢先生作為大學者居然也寫小說，到了晚年還支持我的朋友黃蜀芹導演把《圍城》拍成電視劇。我的這些話很多朋友都聽到過，但有的人片言隻語地聽說我在電視的問題上說到錢先生，立即作出推斷，一定是嘲弄深居簡出的錢先生拒絕電視。然後就大大發揮了，好像人家年紀那麼大躺在病床上，你卻嘲弄他躺在象牙之塔裡。

楊瀾：我這兒也有一個現成的例子。電影《泰坦尼克號》（編按：台灣譯為《鐵達尼號》）上映後，北京一家報紙報導了馮小寧的一段話，說這部電影沒什麼了不起，給我們那麼多錢，我們中國人完全可以改寫電影史。馮小寧看了這個報導大吃一驚，說我什麼時候說過這樣的話？廣大讀者總覺得白紙黑字有一種權威感，心想即使不這樣說，也總說過差不多的話吧！

余秋雨：我也讀過有關馮小寧談《泰坦尼克號》的文章，不過幾經轉折，已經不是消息，而是評論文章了。評論文章寫得很好，說中國導演不必如此狂妄。經你這麼一說才知道，評論的素材是不真實的。

楊瀾：有一個觀點我也同意，說在我們文化界，評論者太多，核實者太少。連一本書是不是抄襲都沒有功夫查證，卻有大量文章評論。

余秋雨：這種喜歡以訛傳訛的習慣，對文化建設是有不少損害的。像我這樣的人久經敲打也就無所謂了，但對於那些剛剛出頭的文藝新秀、文化新人，壓力著實很大。一會兒說他們做了這件壞事，一會兒說他們鬧了那個醜聞，哪個女歌手出家了，哪個男演員有了私生子，都未經核實，卻到處刊登，又緊跟著一連串的聲色俱厲的道德評判，不僅對他們本人造成傷害，就連他們的家人都覺得抬不起頭來。這樣哪會有良好的創作情緒？我們不是一直在抱怨傑出的文化人才的短缺嗎？不少城市還在想方設法從外地引進，其實人才是有的，只是一露頭就被這一切包圍住了，只能沉寂、遠走或改行了。這是我們常說的文化生態環境問題。

楊瀾：我覺得這種無序會延續很長時間，不能快速走向有序。你看無論是美國還是香港、台灣，這種不真實的「小道消息」在傳媒上也大量存在，我們恐怕只能適應它們，而不敢期望它們有朝一日會改觀吧？

余秋雨：我說的「有序」不是指「小道消息」的消失。海外和港台報刊上的「小道消息」，藝人軼事，無聊調侃確實很多，但他們固守著一個本位：無聊就是無聊、庸俗就是庸俗，並不怎麼裝扮，更不會慷慨激昂地提高到關及民族命運、文化前途的道德批判上來。這也是一種「序」。如果硬把無聊提升到莊嚴，真正的莊嚴就失去了地位。與此相關，報刊的品位也有一個「序」，例如，前幾年香港一家大報發表文章誤傳一個與我有關的謠言，說我企圖在哪個戲劇劇本上署名，後來文章的作者和那家報紙經過多方查證得知是謠言，竟然連續幾天發表公開道歉，把我感動得熱淚盈眶。這就是大報的品位，那些庸俗小報做不到，也不想做。

楊瀾：除此之外，廣大民眾對傳媒的態度也會成熟起來。

余秋雨：這是最重要的「有序」。廣大民眾一開始總會以好奇的心理來傾聽各種危言聳聽的謠傳，但時間一長也就分出了等級層次。記得董樂山先生曾在一篇文章中介紹了美國三、四〇年代有一個叫尼古拉・溫契爾的造謠專家，他既給報刊寫專欄，又在電台廣播，成天揭露各種名人的隱私，絕大部分是猜測想像加惡意攻擊，完全不顧忌這樣做會為別人帶來多大的災難。更可怕的是，當時他的讀者和聽眾達到五千萬之眾，也就是美國三分之二的男人都在讀他、聽他。這樣規模的造謠者，我們這兒還沒有出現。

場瀾：會出來的，放心好了。

余秋雨：但是，奇怪的是，這個如此著名的造謠專家後來去世的時候，全美國為他送葬的只有一個人！

楊瀾：不是五千萬？

余秋雨：不是五千萬，而只有一個人。由此可以得出結論：人們聽了他，但未必相信他；即使相信他，也未必喜歡他。這就是人們心中的「序」。

爆炸性新聞：余秋雨企圖在黃梅戲《紅樓夢》上署名

十幾年前，余秋雨還在任上海戲劇學院院長時，他經常應朋友之邀擔任文藝作品的策劃和顧問，原以爲這是盡朋友之道，只要自己不署名、不取利，就不會產生任何問題。這些作品都取得了很大成功。於是一些新聞媒體在打聽創作過程的時候，余秋雨無法隱姓埋名，因爲余秋雨是名人，所以許多人在報導中會過分關注他，這樣往往會惹怒其他參與者。於是在一九九三年爆發了黃梅戲《紅樓夢》「企圖署名」事件。

當地一個近八十歲的老戲劇工作者要替馬蘭寫一部戲，余秋雨和馬蘭答應了，此翁便寫了黃梅戲《紅樓夢》。但他似從未寫過劇本，所以寫出來的劇本實在一般。於是經過余秋雨的修改，從某種意義上說是重寫，因爲只保留了十三句原編者的台詞。余秋雨當時也確實考慮過兩人署名，因爲按照事實理應如此。但余秋雨覺得，誰署在前面都不合適，於是，決定單獨署那位老者的名字，如果他不願意，則該劇就不署名投入排練。余秋雨把改好的劇本寄給那位老工作者，在封面署上老者的名字。一個月過去了，余秋雨沒有收到那位老者的任何意見，於是決定把黃梅戲《紅樓夢》投入排練。

黃梅戲《紅樓夢》很快走紅，新聞媒體紛紛來採訪，但記者們把主要目光對準了余秋雨和馬蘭，而把那位唯一署名的編劇淡忘了。當黃梅戲《紅樓夢》頻頻獲獎時，這位老編劇再也忍不住了，於是在《上海戲劇》雜誌發表長文，稱：黃梅戲《紅樓夢》全是他寫的，是余秋雨把劇本改壞了，而余秋雨要去修改的目的，很有可能是「企圖署名」。令人啼笑皆非的是，《上海戲劇》是上海戲劇家協會主辦的，而余秋雨是上海戲劇家協會副主席。

當時受人稱讚的《文化苦旅》已於一九九二年三月出版，於是因余秋雨在散文界與戲劇界的雙重名氣，使得「企圖署名」事件成爲一個爆炸性新聞，一時間問題也熱鬧起來。十幾個余秋雨不認識的人快速召開座談會，並向全國散發簡報，說：「要好好對文化名人進行思想教育。」有一個自稱是余秋雨的老師發表文章，稱余秋雨在某個深夜向他打過一個可疑的電話。又有人自稱是余秋雨的中學同學，說余秋雨讀書時語文成績遠遠不如他，余秋雨怎麼可能成爲文化名人，並有資格修改別人的作品？另外有一個人向香港報界透露，說余秋雨居然把自己的名字署到別人的作品上，引得香港一位愛讀《文化苦旅》的資深專欄作家將信將疑地寫文章在香港大公報傳播這件怪事。北京一位據說是權威人士也發言，說余秋雨如此欺負這樣一個無名之輩，引起他極大的憤慨。又有人說，余秋雨根本沒有到過《文化苦旅》任何一個景點，是坐在家裡拿著地圖亂寫的。又有人說，余秋雨在「文革」中有嚴重的歷史問題……。

所有這些謠言製造者和傳播者，沒有一個人去求證詢問過事件的當事人——余秋雨！

余秋雨唯一做的：沉默

余秋雨當時最擔心的是他所深愛的妻子馬蘭會受不了，希望馬蘭不知道這件事，然而馬蘭很快打來了長途電話，並失聲痛哭。而余秋雨的父親在收音機裡得知此事，以為兒子將被打倒，由此病情加劇；余秋雨當時最感到難堪的事，他將如何面對自己大量的學生和讀者？

余秋雨也曾經想到過，寫一篇長長的文章進行反駁。

余秋雨最終沒有那樣做。

最令他痛心的已不是「企圖署名」事件本身，而是那些朋友的態度。

當時，余秋雨認為，只要有一個旁觀者出現，提幾個簡單的問題，例如請對方把沒有改壞的原稿拿出來看看，或請他出示余秋雨「企圖署名」的任何一個證據，情況也許會改變。余秋雨甚至還期待一個熱心人士出來找對方客觀地談一次，再找余秋雨談一次，溝通一下。那麼，余秋雨那些情同手足的朋友哪裡去了？

■你簡直又遇到了一個小小的「文革」。

■這些人你不認識，我倒認識幾個，誰也惹不起他們，我們只有遠遠看熱鬧的份了。

■你是飛來橫禍，好心沒好報，去算命吧！

■你老兄怎麼會得罪那麼多不認識的人？是不是平時言語有不愼之處？

■多保重身體，別想不開。

每次聽到余秋雨的這些話，都比事件本身更感到委屈。這些朋友中，余秋雨曾因爲他們的緣故，爲他們的單位講過十幾年課；有的多次爲他們修改作品；還爲他們介紹過工作，撰寫過序言，推薦過書稿，他們應該了解余秋雨的爲人，平日也不斷聽到他們對余秋雨的高度讚揚，但一旦有事，卻都走得遠遠的，余秋雨完全孤立無援。余秋雨最後把這一些寫入了〈關於名譽〉、〈關於友情〉、〈關於謠言〉、〈歷史的暗角〉等文章中，但最終沒有對此事說過一句話。

三年之後，那位老戲劇工作者怕繼續說改壞了稿子引起著作權的麻煩，於是全盤接受了定稿本；而香港大公報的那位資深專欄作家得知眞相，便連續在大公報導上道了兩次歉，而余秋雨恰恰在一次民意測驗中當選爲「上海高教十大精英」，一堆朋友重新在他身邊活躍，除了幾個「改行」用筆名寫批判余秋雨的散文外，其他批判開始收斂。當時一個鬧得最起勁的人不斷托人來說是誤會，並說：「今後只要余先生指向哪裡，我們就奔向哪裡。刀山火海在所不辭。」余秋雨對傳話的人笑了一笑：「何必呢？」

朱健國打出「人格牌」

一九九七年九月四日，朱健國在《文學自由談》第五期發表〈余秋雨「深圳贊歌」質疑〉，以及後來的〈余秋雨「橋頭堡」論質疑〉，對余秋雨在深圳發表的一些文化觀點提出了質疑。主要內容爲余秋雨沒有資格知道深圳文化；認爲余秋雨稱深圳是中國文化的橋頭堡、深圳有條件建立深圳學派、深圳最有資格做二十世紀文化的事——掌握二十世紀中國文化的結算權等是錯誤觀點。就這樣，引起了楊長勛和毛少瑩的撰文反駁。

通讀有關文章，朱健國稱余秋雨沒有資格去指導文化，其原因是，余秋雨每次去深圳，只是「匆匆小住幾天」（朱健國則自稱他已經在深圳居住了四年）；「余秋雨雖然寫過〈五城記〉，畢竟還有許多中國文化名城沒有到過，斷然下結論，未免匆忙一點。」最後朱健國上升到「人格高度」

得出結論：「學者們最好不要講假話和違心話。」：

我喜歡《文化苦旅》中的余秋雨，害怕「深圳贊歌」中的余秋雨。一個現代學者就真是這樣以多元人格讓人為難麼？

朱健國接著又發表另一篇〈「與余秋雨商榷事件」的眞相〉，指出：

不料，這期間竟然收到余先生托人傳真給我的一封信，信中表示已看了我與他爭鳴的文章，說我看了他的爭鳴文章，說我的質疑，其實是個誤會，因為「我的基本態度與商榷者一樣」——他聲明：並未說「深圳是中國文化的橋頭堡」，並未說「深圳可建立深圳學派」一句話，並未站在表揚的角度來論述深圳文化。余說：「我對深圳文化的幾次意見，恰恰都是對該市領導部門的文化主張提出的批評。」這就是說，兩位好心的讀者千方百計支持的余教授關於深圳文化的讚揚，其實並不存在。這樣一來，我同余教授的商榷也不能存在了。我和楊、毛三人的文章都是為一個謊言所騙了。

這真是一個戲劇性的故事。

耶麼，現在我們該怪誰呢？怪深圳的那家報紙的「文化廣場」擅自把余秋雨的批評變成表揚？

但余秋雨也不想怪他們。余在信中說：「深圳報紙的記者們不可能把領導部門的主張作為對立面出來……由於刪掉了對立面，實際上已無法體現我的真實意思。」

余秋雨似乎更不怪我這個商榷者。他在信中說：「由於刪掉了對立面，實際上已經無法體現我的真實意思。寫商榷信的作者由此產生誤會，可以理解。但是，如果真的在報紙上以我首先提出的『橋頭堡』、『深圳學派』、『結算權』而與我商榷，則完全是南轅北轍了。」

但是，余秋雨不願就這一「批評變表揚」的篡改事件向深圳某報或某單位進行更正和追究，因為他害怕這一事件變成「上海對深圳的嘲弄」。

既然余秋雨有如此苦心，我也就只有「成人之美」，不便把他信中具體闡述的對深圳的文化的三點尖銳批評在「花地」公之於世了。

容忍與閹割

朱健國似乎很仗義，更為余秋雨保密，儘管這些內容並不值得保密，但我讀到此依然肅然起敬。然而，令人失望的是，朱健國食言了。

在朱健國寫的〈學者能否容忍被閹割〉中不僅把余秋雨的「三點尖銳批評」公布了，而且把「人格牌」打得淋漓盡致。朱健國在文中說：

在傳給我的信中，余秋雨為了證明「我的基本態度與商榷者一樣」，具體闡述了他對深圳文化的三點批評：

一，深圳報紙也許報導，我曾經說深圳文化起一個「橋頭堡」作用，實際情況是，三年前，深圳市有關領導部門提出深圳在交響樂和舞蹈方面趕上北京和上海，我認為這是一種錯誤的定位，而且也不可能實現。……

二，深圳報紙也詳加報導，我曾經就「深圳學派」發表過意見。實際情況是：深圳市文化局和文化中心的領導早就提出過創建學派的問題，我的意見主要是向他們講述了創建學派的基本條件，婉轉地說明此事不應操之過急。而且我還說：深圳如果要建立新的學術特點，不妨從文化行為的數據化管理做起，把「學派變成數據調查小組」，……。

三，深圳報紙也許報導，我曾經談到過深圳有可能爭取二十世紀中國文化的結算權。實際情況是：深圳市委實由於其不了解二十世紀中國文化的結構，為兩位等級不高的畫家（即關山月和何香凝）造了兩個宏偉的個人美術館，我因此指出，不能光從一市一區的小標準著眼，要爭取參加對二十世紀全中國文化的結算權，因此必須調動全國研究力量作出判斷，否則會貽笑後人。

接著朱健國說強調「余秋雨並不準備更正」說：

■我想，在經過改革開放的二十年後，中國一流的學者，為什麼依然還是這樣心甘忍辱負重，心甘閹割？

■在今天已經初步寬鬆的民主的時代氛圍裡，任憑這種指鹿為馬的悲劇存在，余秋雨逃得掉學者人格、士子良心的自責麼？

■而你，對閹割僅作私下說明，只讓幾個人知道真相，而讓千百萬人都去聽任謊言的欺騙，你怎會如此殘忍呢？

■余秋雨呀！余秋雨！面對如此之你，叫中國學人有何面目上祭祖先、下教子孫、外對國際人士呢？

余秋雨，你太讓人寒心了！

朱健國的出爾反爾，令我作出另一個懷疑，爲什麼余秋雨在致朱健國的信中稱「商榷者」而不稱「你」？余秋雨眞的寫信給朱健國了嗎？

不久前，我打電話給余秋雨。余秋雨說，因「深圳贊歌事件」，文匯報的蕭關鴻對他進行採訪，他寫了一份書面回答。而朱健國從蕭關鴻處得到了這份材料。眞相大白，多元人格的恰恰是朱健國。朱健國的批評基本內容是：深圳地方報紙報導余秋雨對深圳文化觀點時報喜不報憂，余秋雨不打算更正。（事實上卻是，余秋雨把觀點告訴了文匯報的記者，讓其發表以明眞相。）余秋雨寫信給其私下訴苦，而不要求公開發表。（至於一大堆污蔑、謾罵，余秋雨才不計較。）

那麼，余秋雨對朱健國精心策劃的「雙重人格」行爲，有何觀點呢？在文匯版《山居筆記》自序中，余秋雨說：

有一位先生在報刊上說，他曾寫文章批評過我對深圳文化的發言，而我則寫信給他訴難言苦衷，於是乾脆把我的「雙重人格」揭露出曝曝光。——這個設計要花些腦子，但設計者忘記了社會人心的急劇變化。即便這一切全是真的，今天的廣大讀者才不在乎那座城市的不同文化觀點呢，他們注意的只有一點：人家私信中的「難言苦衷」，怎麼能夠拿到報紙上公布？

可以說，眞正雙重人格的不是余秋雨。

所謂的「歷史問題」

一九九九年一月二十九日，著名劇作家沙葉新在南方周末發表〈書生及「梁效」評議〉一文，說，「有的當事者……或者忙於雲遊，著書講學，無暇打開歷史黑箱；或者諱莫如深，絕口否認箇中干係……」儘管沒有指名道姓，這被認爲講的便是余秋雨。

四月二十七日，文藝報發表余開偉〈余秋雨是否應該反思〉一文，認爲余秋雨應該反思「文革」中的失足——即參加上海大批判寫作組的那段歷史。余開偉認爲余秋雨「文革」中參加過上海大批判寫作組的依據是，李國文的〈猶大之悔〉和沙葉新的〈書生及「梁效」評議〉一文中不點名地批評了余秋雨。

余開偉引用李國文文中的話說：「君不見那些在『文革』中的大小筆桿，不是進寫作班子，就是進野台班子，在那裡搖尾乞憐，討好賣弄者，二十年過去了，有誰站出來承認自己的過錯？NO！有誰哪怕表露過一絲悔意？也是NO！而現如今，一個個在文壇、在學界、在文化圈子裡，作學者狀、作泰斗狀、在鏡頭前做搔首弄姿狀，就是沒有一個敢回過頭去，審視一下那段不幸成爲『小人』的路。」

據此，余開偉在文中說：「過去和現在都備受體制恩寵的余秋雨教授難道就沒有必要反思一下當年的過錯麼？余教授的許多散文都在探討文人自覺和文化人格及文化節操，是否可以對照一下自己在這方面有所缺失呢？」

但令讀者不解的是，我們不知道余開偉要余秋雨反省什麼。因爲李國文和沙葉新都沒有說出余秋雨具體做過什麼所謂失足的事。余開偉繼續批評：「謝泳先生在〈正視自己的過去〉這篇文章中一針見血指出：『今年（一九九八年——筆者）第三期《中華散文》上有余秋雨先生的一篇散文〈長者〉，是寫王元化先生的。其中一個細節涉及余先生在「文革」中的經歷。我不敢說余先生說的不是事實，但余先生的思路好像是不願正視過去的。前兩年有許多人批評余先生，那種批評方式我不贊成，但那些批評之所以發生，我認爲這和余先生不敢正視過去的態度有關。如果余先生能和邵燕祥先生一樣，敢於說出自己在過去的歲月裡的那些經歷，人們也就不苛求余先生了，可惜余先生沒有這個勇氣。而這正擊中了余秋雨教授的要害。』」

余秋雨說：畢竟我的運氣太好

那麼，大家不妨來看看〈長者〉中有關余秋雨經歷的文字。〈長者〉已收入《霜冷長河》一書。余秋雨在文中說：

（一九七五年）一天在大食堂，有一個軍宣隊員找我談話，要我參加設在復旦大學的一個現代文學編寫組。「每個文科學校都有人參加，以復旦、師大為主，我們是小學校，要謙虛。」他說。

當時所有的修訂組和教材編寫組都由市裡的寫作組統管，寫作組對我這樣一個「文革」以來未曾參加過任何組織的年輕人有點看重的意思，然而畢竟我的運氣太好了，一九七五年年初就發覺得了肝炎。在家休息一陣子還不行，只得住院，出了醫院就到故鄉休養去了。要不然，從一九七五年到一九七六年，我如果在上海，沒準會奉命參加一些諸如「反擊右傾翻案風」和其他名目繁多的小運動，這些居然都讓我逃過去了。古人說「因病得閒殊不惡」，信然。……

說是回鄉養病，故鄉卻只有一位七十多歲的老祖母，我怕傳染給她。後來是我同鄉的老師盛鐘健先生在奉化縣的一個半山腰裡找到一間小房子，讓我住了下來。吃飯則是有一頓沒一頓的，搭在山腳下一個極其簡陋的小食堂裡。那裡連一份報紙也看不到，完全不知道天下發生了什麼事。又是大幸，居然讓我認識了一位八十多歲的沈老先生，他受當地文化館委托管理著早年蔣經國先生在山間的一個讀書室，經他點頭，我就全身心鑽到那些舊書裡去了。那兒除了《古今圖書集成》、《二十四史》、《四部叢刊》外，還有《萬有文庫》和比較完整的二、三十年代出版的文化雜誌，我反正有的是時間，一本本閱讀。正經書讀累了，就興致勃勃地去翻閱一大堆《東方》雜誌。讀書室外面是長天荒草，安靜無比。我從來沒有獲得過那麼優越的讀書條件，當然絕不放過，連生病的事也忘記了。……

後來知道，這些年月，中國政治領域的鬥爭越來越激烈，上海文化界的氣氛也十分緊張，而我則好像被一種神秘的力量冰凍封存了。直到二十年後，上海有劇作家在編劇之餘突然構想起我的這段行蹤，情節千奇百怪，甚至指派我擔任了上海某寫作組的組長，好像一個人在荒山中指揮著遠處的鬥爭。我聽到後總是大笑，說我的問題比他們想的嚴重得多。試想，我躲在國民黨首腦的讀書室裡，與一個身分不清、但一提起蔣經國總不忘「先生」尊稱的奇怪老人交往得不明不白，而且生活形態已近似「落草」。寫作組總有白紙黑字的文章可以一篇篇清查，而這段「落草」的經歷又怎麼能說得清？

在此，余秋雨已經把與寫作組有關的事宜說得夠明白了。你可以懷疑余秋雨說假話（必須拿出證據），但不能指責余秋雨回避此事。

黑箱裡的內耗

近些年來，有些研究中國知識分子的學者提出要關注「文革」中京滬兩地的寫作班子問題。但談這個問題又談何容易。許多青少年讀者，包括秋雨散文的多數年輕讀者，大概連「梁效」是什麼也搞不清了。「梁效」是「兩校」的諧音，指清華大學和北京大學，「文革」後期，「四人幫」在這兩所學校建立了大批判寫作組，寫的文章就署名「梁效」。在上海則有「羅思鼎」（是「螺絲釘」的諧音）等。

在那個特殊的歷史環境中，有許多專家學者捲入漩渦，有的還是一代大師碩儒，如著名哲學家馮友蘭、著名歷史學家周一良。沙葉新在南方周末的文章刊出後，在北京學術界就引起較強烈的反應。北京大學哲學系教授、博士生導師、馮友蘭的弟子陳來在中華讀書報上撰文批駁，最近又在《讀書》雜誌撰文辯駁。有興趣的讀者可以參看。在上海方面，與寫作組有牽連的有一位著名近代史研究專家。他就是余秋雨在〈家住龍華〉中提到的那位把中國近代史的研究推到萬人矚目的第一流水平的陳旭麓教授。關於陳旭麓的遭際，余秋雨文章中有一句深婉的話：「承受許多中國知識分子都遇到過的磨難、折騰和傾軋。」有人曾拿這句話做文章，暗示余秋雨和上海寫作班子有牽連，怎麼也脫不了干係。論者的邏輯似乎很有道理：你余秋雨不是自認爲是陳旭麓「少有的忘年之交」嗎？你這麼慨嘆是不是「物傷其類」呢？

我看到這種皮裡陽秋的筆法和「邏輯」時，有一種刺痛感，我想到了秦檜的「莫須有」。我記得念大學時，有一回古漢語老師解釋這個「莫須有」。通常是指「可能有」、「大概有」，這倒符合秦檜面對韓世忠責問時的遁詞。但有學者提出一種新解釋，說「莫須有」是當時臨安的方言，指「不消有」、「不需要有」，也就是說：我不需要有岳飛通敵叛國的罪證也能殺他。我認爲後一種說法更形象地勾勒出秦檜的驕橫和狠毒。當有人把所謂有歷史問題的帽子向余秋雨扣去時，當他們聽信流言甚至製造流言時，多多少少也在學秦檜的「莫須有」。研究中國自由主義知識分子的專家，或聲稱自己是自由主義知識分子的人，在這種時候，應該牢記中國自由主義的祖師爺胡適的名言：「拿證據來！」

余秋雨在文章中說他參加了一九八八年十二月十五日舉行的陳旭麓追悼會。在追悼會上，歷史學家唐振常教授有一篇講話，說陳旭麓治學「博聞強識，所涉範圍至廣，而歸於專一，平生所學，寄之於史，可以說是求其有以用於當世」；也說陳旭麓門牆桃李遍布南北，一生熱於助人。這些話的意思，余秋雨也都表達了。可唐振常先生話鋒一轉，說出了余秋雨沒有說的話：

可是，就是這樣一個多年來對社會、對人類、對歷史學付給了這麼多的歷史學家，社會對他又付給了什麼呢？前幾年，風風雨雨，深文周納，使他竟然連安身立命都有所不能，精神痛苦達於極點。甚至一個教授職稱也歷久不能解決，指導博士研究生更無端受阻。外地史學界頗有陳旭麓不能評為教授為上海怪事一樁之說。歷史對於一位歷史學家何其不公正也如是。然而，歷史畢竟還是要回歸於公正的。這幾年他的狀況改變了，他的情緒轉好了，他的創作欲望更高漲了。可是，天竟不假以年，突然奪去了他的生命。

今天到會的人這麼多，說明了學術界——人民群眾對旭麓的尊重和哀思。這就是歷史對旭麓的評價。這種評價是任何人也抹煞不了的。

在萬分悲痛之中，我謹提出一個要求，一點希望。

要求：不要再折騰甚至折磨知識分子了，包括知識分子之間的內耗也應該儘量減少了。

……

這最後一句話，應該是振聾發聵的，在悼念人群中的余秋雨感覺也一定很深的。事實上，在秋雨散文中，對知識分子的命運和知識分子的內耗的反思，是一個重要的主題。

那個「歷史的黑箱」總會打開的。但文化人格中的心理暗箱或灰箱，卻是萬般難啓。這才是最可怕的。它是黑箱中的黑箱，黑得發亮。

面對政治栽贓，余秋雨表示：「寧折不彎」

一九九九年四月二十九日，我接通余秋雨家中的電話，余秋雨聽我讀完這篇〈余秋雨是否應該反思〉後笑了。他說：「這次盜版集團以爲抓住了封我口的秘密武器，實際上還是上海那兩位老兄的舊花招。那兩位老兄的名字我就不說了，上了一點年紀，只要看到誰出了名，或者會提升，就不斷地揭發歷史問題。以前老是揭發別人可能有海外關係，現在老說別人在『文革』當中有事，今後不知說什麼，大概是說有販毒嫌疑吧！眞難爲他們。我倒有點感謝他們，幾年前他們也對一位香港老報人說我有什麼歷史問題，那位香港老報人寫成文章發表了，我的律師看到後，發表了一個法律聲明，那位老報人和報社，立即投入了嚴格的調查，結果報社連續在報上發表了幾天的道歉。後來，我和那位老報人成了好朋友。」

余秋雨還告訴我：「如果我爲了三十年前的事情去辯解，就上了盜版集團的當了。最近很多讀者寫信，或當面來勸我，絕對不要對報刊這類攻擊作半句辯解，我認爲他們的意見是對的，但還要加上一句，我絕不會屈服於盜版集團，不管他們怎麼引誘我，糟賤我。」

我問：「在很多人都沉默的時候，你還傷痕纍纍的大聲呼籲反盜版，這大概有一點浙東學派風骨的遺留吧？」

余秋雨說：「可能有點關係。他們那一代的學人，向來是寧折不彎的。」

與余秋雨通完話後，我又接通了上海一家傳媒的一位記者朋友的電話。幾年前，這家傳媒曾報導余秋雨對所謂歷史問題的回答。這位朋友聽完我介紹北京這篇文章之後說：「這眞叫無聊了。余秋雨文章的得失自可評論，但一下子去揭發歷史問題，看似揭露『文革』，實際上倒眞是『文革』遺風。我請你注意到這樣一個簡單的事實，余秋雨在八〇年代中期，被國家文化部和上海市委選拔為上海戲劇學院院長，做了很多年，直到幾年前他主動辭職。這是正廳級幹部，誰都知道選拔這一級幹部審查很嚴，而當時審查的重點，就是『文革』中的表現，任何一個疑點都不會放過。記得當時的報紙還有報導，余秋雨的被選拔，還因爲領導部門連續幾次在全院進行民意測驗，每次都是余秋雨名列第一。他又不是從外地調入的，難道長期與他在一起的全校教師、幹部，都看不見他的劣蹟？我看這是一場別有用心的炒作，盜版的受害者只是抗議了盜版，居然反過來對他進行政治栽贓，試圖滅他的口，這從手段到目的，都十分惡劣。應該引起有良知的文化人的公憤。」

面對那個所謂的「歷史黑箱」，余秋雨是亮堂的。

沉默與反擊

余秋雨曾「一再主張除了特殊情況，對媒體間的批評不要反擊，其原因不是害怕，不是鄙視，不是謀略，只是因為——我們沒那麼重要」。

「余秋雨的兩處硬傷」

一九九五年五月三日，李庸在光明日報發表〈余秋雨的兩處「硬傷」〉一文，他指出：「其實，余秋雨趟地雷掛硬傷並不從搞『文明』開始，當年搞『工程』的時候，他就踩過地雷。」

李庸指出的第一處硬傷是，余秋雨在其《藝術創造工程》對「本體象徵」的解釋是錯誤的：「『本體』原是個哲學概念，通常指『本質』，『本原』，『存在』，在那幾年『本體熱』中，也有人在內容和形式的統一或『本身』等意義上使用這個詞。各家有各家的『本體』，但在一個體系當中只有一個『本體』，一個『物質』，一個『道』。所以，要麼『現象』，要麼『本體』，『本體』只能被『象徵』，怎麼能用『本體』去象徵別的什麼呢？『現象本體』和『本體象徵』的說法在沒有專門界定『本體』的情況下，根本就是荒唐可笑的。」

李庸接著說：「我當然願意相信作者的初衷並不是非要一個不同的概念來顯示自己的學問，他還是想教給那些聽他課的人和讀他書的人一些知識什麼的。」

李庸指出余秋雨的另一處「硬傷」爲：

在《寂寞天柱山》中，作者余秋雨寫到：「天柱山一直沒有一部獨立的山志，因此我對它的歷史滄桑知之不詳。」作者十分自信，通常給人的感覺就是，剛才這句話簡直應該反過來說才更恰當。他甚至連「我至今尚未看到一部獨立的關於天柱山的山志」這樣至少在文字上留有餘地的話都懶得說。

但是，家住在潛山（天柱山）附近的學友汪君對我說，他見過一本《天柱山志》，大約於一九八二年由安徽一家出版社出版，作者叫烏以風，和汪家有世交。烏以風一九〇〇年生，一九一九年入北大，曾師從熊十力，後來曾在復性書院待過，再後來在安徽大學、安慶師院任教，一九八八年辭世。據汪君講，那本《天柱山志》大約二十七萬字。因此，天柱山並不寂寞，而真正擔得起「寂寞」二字的則是那位花了十年時間寫山志而不為「文化研究者」所知的烏以風。

一位叫齊忠亮的讀者在一九九五年六月二十八日的光明日報上發表〈從余秋雨的遭遇說起〉一文，針對李庸的批評，他指出：

可作者並沒有將余秋雨著述中的那兩處毛病（如果說的確是毛病的話），看做是正常現象，而是把它挑在竹竿上高高舉起來，遊街示眾並大加嘲諷。什麼「讓中文系師生們大跌眼鏡」啦！什麼「顯示自己的學問」啦！一邊還情不自禁地喊著「精彩」。透過這種喝彩聲，我的確能感受到一種與高采烈的好情緒。可惜的是，有欣賞和展覽別人的毛病催發出來的好情緒沒有什麼審美價值。開墾文化新大陸的企圖，絕對比搞髒哪個人的企圖檔次要高些，顯示學問也比沒學問顯示要強。讓中文系師生「大跌眼鏡」的究竟是余秋雨還是別的什麼人，先別忙著下結論吧！

齊忠亮還指出這樣一種不正常現象：

但是在讀者群中引起普遍轟動的余秋雨在批評界遭遇的卻是一片沉默：批評家深邃的目光都不約而同地掠過余秋雨，去追尋和思考更重大、更正經的問題了。……

余秋雨下筆非常小心，對散文界的傳統和現狀表示了極大的尊重，所以他儘管打破了文壇的某種平衡，卻沒有誰明確地將他視為異類。對他來說，能夠保持沉默應該說就是批評界的一種寬容了，他的低姿態防禦戰術幫了他。

李庸的文章發表後，產生了較大的影響。但余秋雨當時不在國內，回國後也沒有朋友告訴他。

直到一九九八年《山居筆記》在內地出版，他才在〈自序〉裡對李庸的批評作了回答：「既然事情已經過去很久，我也就可以在這裡對他的〈兩處『硬傷』〉的文章眞正談點想法了。」

針對第一個硬傷的指責，余秋雨認爲：

並不是世界上有了哲學本體論，別的地方就不能用「本體」這兩個字了。我們平常不也經常說這座城市的「本體風格」，那個劇種的「本體特徵」嗎？李庸先生說：本體是「道」，那麼，同樣的道理，難道老子用了這個「道」字，我們再說道路、河道、頻道、鐵道時都要用哲學本體論來審核嗎？李庸先生也許只犯了「望文生義」的錯，但我解釋這個概念用了整整八千字，為什麼不稍稍看一眼呢？

針對第二個硬傷的指責，余秋雨認爲：

……可見李庸先生也只是依稀聽說而已，自己並沒有見過。把這種轉彎抹角的「聽說」當作證據，在全國性大報上發表文章指責沒有「聽說」的人有「硬傷」，我覺得略有不妥。幸好，我倒是全國極少數真正讀過那本書的人，可能是姓汪的同學記錯了，也可能是李庸先生聽錯了，出版的時間出了很大誤差。我遊天柱山時，該山管理處的專家們坦言尚無獨立山志，直到一九八六年九月才開始成立《天柱山志》編委會，第一部嚴格意義上的獨立的《天柱山志》出版於一九九二年十二月，面世於一九九三年。

余秋雨最後指出：

由此可見，我對李庸先生所說的兩處「硬傷」不可能產生任何惱怒，只不過在拜讀之後略有困惑：如果某個作家在旅遊時真的沒有「聽說」過一個當地人寫過某本書，在寫遊記時順便提了一句，又怎麼夠得上李庸先生所說的「趟地雷掛硬傷」，甚至說成是「踩過響雷」呢？更讓我大惑不解的是：李庸先生說的那麼嚴重，但他自己也沒見過這本書啊！這不「嚴重」到自己頭上去了？

「余秋雨同學，上課啦！」

在一九九六年一月《中國青年》雜誌「給名人上課」啦的欄目，發表了俞人杰「老師」〈余秋雨同學，上課啦！〉和查理「老師」重新寫的〈遙遠的絕響〉，爲余秋雨「同學」進行缺席上課。

俞人杰在文章中稱：「余秋雨同學：今天，老朽要給你上一課。……我眼睛花了，只看了你一篇東西，叫〈遙遠的絕響〉，沒寫好嘛。太長了，還生那麼大氣，你還是太年輕呀！長，就得把話說透；氣，也得生在點子上。……你誇獎魏晉名士，說得都不錯。可你卻罵那個時代，這可就錯了。……那個時代，即便扼殺了名士，可畢竟誕生了名士。」俞人杰還說：「我老了，寫不動了。讓查理同學照你的題目寫一篇。他的才氣不足你的千分之一，名氣不如你的萬分之一，但文章卻寫得在理，氣勢也不錯。」

然而，當我看了這篇俞人杰老師稱讚「氣勢不錯」的由查理寫的〈遙遠的絕響〉，只感到無聊。查理說：「難道我是馬司昭轉世嗎？不，我是魏晉名士的轉世。正因爲如此，我才知道，余秋雨說的『中國文化的遺憾』，即名士已經消失，這不是眞的。」這位自稱「魏晉名士轉世」的查理，給余秋雨上課的主要內容，無非是告訴余秋雨，余秋雨不該對魏晉的統治這般深惡痛絕，不該說那個時代黑暗、慘痛、恐怖。但對余秋雨的多方無理挖苦嘲弄，只會讓大家看到這位查老師的心理失衡。「若在魏晉，超凡脫俗的余秋雨必是最大的名士，但在今天；你能到上海城外打鐵嗎？」這一類的話，在查理三千字的上課講義中，占了不小的比例。

一九九六年六月二十六日，中華讀書報發表署名李秀生的〈對余秋雨，要講理性〉一文：

> 余秋雨所說的魏晉亂世是「中國文人筆下最黑暗的日子之一」，到了查老師筆下，「之一」兩字已被吹；余秋雨原文：「我一直在想，為什麼在魏晉亂世，文人名士的生命會如此不值錢。思考的結果是，看似不值錢，恰恰是因為太值錢。」到查老師那裡也只剩下前半句。這種露骨的篡改與扭曲，放到「慈悲」的魏晉時代，大約最能迎合當朝大人的脾胃了，當然不會有殺身之虞。

余秋雨在深圳隨手翻了此文，怎麼也讀不明白那位「查老師」的意思，卻也沒有發現他篡改，也就放下了。但當後來明白這篇文章最終篡改了其中意思時，在《山居筆記．自序》中說了這樣的話：

我不知道「查老師」究竟是什麼年歲，對他來說，可能自稱「老師」，隨意篡改和扭曲別人的文章之後在公共媒體上擺出一副「上課」的架勢都是遊戲，但我要告訴他，這是危險的遊戲，中國文化為此吃過大虧，萬不可再這樣嘻嘻哈哈地鬧下去了。

「學者的架子」

高恆文在〈學者的架子〉一文中認爲，余秋雨當然有過人的見識，但作文尤其是寫散文大可不必擺出學者或導師的架子，並認爲余秋雨《文化苦旅》中學問的「硬傷」之多，實在難以想像是出自名家之手。他說：

翻開這本散文集，我們幾乎在每篇文章中，都能夠一而再，再而三地讀到顯得過於突兀的警策之語。《陽關雪》開頭即說：

中國文化，一為文人，便無足觀。

這種斷然的語氣，著實讓人吃驚。接下來筆鋒一轉，又感嘆起「峨冠博帶早已零落成泥之後，一桿竹管筆偶爾塗畫的詩文，竟能鐫刻山河，雕鏤人心，永不漫漶」了。讓人丈二和尚摸不著頭腦，不明白開篇的火氣究竟從何而來，衝誰而去。

余秋雨從一本名叫《感覺余秋雨》的書中讀到此文，他說：

我初一讀也有點吃驚，因為「中國文化，一為文人，便無足觀」這句話，不僅文法不通，而且在文理也不通，是中國文化在輕視中國文人？——我怎麼會不加論證的得出這種結論？如果是，倒真有點「硬傷」了。但是一查，我的原文分明是「中國古代，一為文人，便無足觀。」這就通了，我引述的是古代的一句熟語，見之於前人各種書籍。接下來高恆文先生引述的那段文句，更是平常，只說古代文人雖被輕視也可能比官僚強，毫無新意可言，請讀者再讀一遍，哪有絲毫「斷然」和「火氣」，哪有「從何而來，衝誰而去」的針對性，又哪會讓人「著實吃驚」得「摸不著頭腦」？

這就是說，要讓高恆文所說的一切成立，必須把開頭的「中國古代」改成「中國文化」。也許高先生上了盜版的當？但根據我收藏的近幾十種《文化苦旅》的不同盜版本，都沒有把這幾個字印錯。這就有點搞不清了，只有高先生自己知道。

不禁又讓我想起了「正本」兩家。作家總有權利要求批評者，不要在文章中「盜版」，即不要事先營造符合批判要求的偽本再來批判吧！

高恆文說：

再如《吳江船》第四節中的一段話：

宋代大詞人姜夔對垂虹橋最是偏愛，有一次，他在那裡與摯友范成大告別，與他所愛的姑娘小紅坐船遠去，留下詩作一首……

這段話中至少有三處錯誤。先是第一句：說姜白石「對垂虹橋最是偏愛」，乃是想當然使然。因為姜白石詩詞中常常寫到「橋」，遠不止「垂虹橋」。……

再說其二。上述引文中說《過垂虹》是在垂虹橋「那裡」與范告別時「留下」的，也屬臆猜。據元人陸友《硯北雜誌》云：「姜堯章（指姜夔）歸吳興，公（指范成大）以小紅贈之。其夕，大雪過垂虹，賦詩曰……」該詩即是《過垂虹》，該詩所作何處自然一目瞭然。

最後是「與她所愛的小紅坐船遠去」一句。小紅乃范成大所贈之歌妓，除這首詩外，我們再也找不到姜夔曾經提到小紅的詩詞，那麼所爱的究竟出自何典？

原來，這些就是硬傷！照此，那麼絕大多數散文都將硬傷累累了。那麼余秋雨對此又怎麼答覆呢？

我偶爾讀到一位批評者詳細考證了宋代大詞人一生到過很多橋，問我為什麼要說他對垂虹橋特別偏愛，他詩中還有更多的名作，「不知余秋雨為什麼對《垂虹橋》特別垂青？」我的回答可能會使他失望：這是我個人的感覺，個人的選擇，說不出太多的理由。不喜歡某些名詩而偏偏喜歡一首不太有名的詩，這在我是經常有的事。在詩句間猜測詩人的偏愛，正是散文寫作的自由之處。如果這種猜測已被大量的證據所證實，那就只能寫論文了。

有時散文家也需要在不同的證據間作出選擇，但卻不必把選擇的理由一一列出。某些批評者總是這樣輕巧地說：只要隨手翻翻哪本書，也就可避免這種常識錯誤。問題是作家不僅翻了這本書，還翻了其他好幾本與此有關的書。中國歷史許多關節往往有五、六種不同的資料支持著不同的結論，寫散文只需暗暗選定，隨手寫出。如果要申述選擇理由就變成了論文，哪有一篇散文附帶著一串論文來做註腳的？

我曾對學生戲言：「我把想清楚了的問題交給課堂，把能夠想清楚的問題交給研究，把想不清楚的問題交給散文。」想不清楚就動筆為文並不是不負責任，而是肯定苦悶，彷徨、混沌、生澀、矛盾的精神地位和審美價值。以我的經驗，拿過於明白、清晰的事情來寫散文，是末流之舉。

高恆文在一九九九年第一期的《文學自由談》發表了〈關於「硬傷」答余秋雨〉一文，他先因引文錯誤向余秋雨道歉，但指出，這並不影響他的基本觀點。

「余秋雨，甭給我談文化」

一九九五年《文友》雜誌發表了署名壯壯的文章〈余秋雨，甭給我玩文化〉：

請檢閱我們的散文大軍吧！楊朔和秦牧在天有知，肯定會感嘆自己死不逢時。

——那些穿長袍馬掛的遺老們如「還鄉團」翩翩而來，「把你們吃下去的東西都給我吐出來！」——我聽到從墳裡傳出來的這個聲音……。

——那些把臉蛋打掃得像屁股般白淨的「白馬王子」們，剛從掃盲班出來就急不可耐地憋著嗓子發出了變聲期之前的聲音，在文裡文外君子動口不動手只於調情之事，令人生疑，怎麼回事？泰王國政府如此慷慨一夜之間給中國文壇空投了這麼多「人妖」……

在「遺老」和「遺少」之間還有沒有節目？請上帝和書商留一點空間：上海人余秋雨義不容辭地站了起來！

現代文明把他演繹成一個三流小報的記者，以打探和搜集名人隱私為快事。這個人其實是一群人，張大混濁不清的眼睛要窺破文化的隱私。

把先人逛過一萬遍的山再逛一遍，把先人看過一萬遍的水再看一遍，這正是中國傳統文化的玩法。也是余氏散文的玩法。作者稱《文化苦旅》是「一個老人的夢遊」：

我從來不敢信任那些在旅遊中寫出來的東西——「偽善的女人」（李敖語）三毛竟敢把這樣的旅行稱作「流浪」——而我們的夫子余秋雨更是酸氣衝天，稱之為「文化苦旅」。

而在文章中顯擺自個兒的學問和知識是最無聊的，也是缺乏自信和才力的表現，學業有專攻，余秋雨，你可以和故紙堆的人談掌故，何必用來嚇唬小老百姓呢？

老余是得道之人，據說在生活中也是錢鐘書式的——把上門採訪的記者拒之門外。這幫記者也賤！所謂「文化苦旅」，其實是余秋雨的一次精神夢遊，他要在夢遊中看到遙遠的前世，以慰餘生。

余秋雨的回答是：不談文化該談什麼呢？

「余秋雨沒有學問」

一九九六年上半年，以「自由談文學」聞名的《文學自由談》連續三期發表了批判余秋雨的文章，《文學自由談》是雙月刊，也就是說，在上半年裡，批判余秋雨的文章一篇也沒間斷過，也沒空缺過。一九九六年第四期，該刊發表了楊長勛的〈捏造與謾罵不是學術批評〉一文，對發表在一九九六年第一期的王強的〈文化的悲哀：余秋雨的學問及其文章〉進行反駁。他指出，王強的〈文化的悲哀〉一文，「讓我大吃一驚，因為這篇文章不僅在否定余秋雨的史論著作的理論價值方面是強詞奪理的，而且有意的無中生有，捏造一系列虛假的事實，使一些不明眞相的讀者信以爲眞，從而在客觀上嚴重損害了余秋雨。」

先請看王強在文章裡捏造的幾個事實。

一、「余秋雨不通外文」。王強原話是：「單憑余秋雨不通外文而又大談西方戲劇理論這一點，筆者對余秋雨的治學態度及學問功底就不敢恭維。」事實是，余秋雨的外文一直很好。一九六三年十六歲的余秋雨高中畢業業，經過參加上海戲劇學院的提前考試，又參加全國高校統考，他同時被上海戲劇學院和洛陽軍事外國語學院錄取。在報考軍事外國語學院的當年上海考生中，余秋雨的英語成績是第一名。軍事外國語學院負責招生的同志爲了錄取到余秋雨，不惜在招生部門奔走，甚至多次到余秋雨家動員。上海戲劇學院先一步拿走了余秋雨的檔案。下鄉時，余秋雨都沒有忘記帶上許國璋那套紮實有序的英語課本。……王強製作並包裝出售的「余秋雨不通外文」的論調，在讀者中造成了相當範圍的負面影響，嚴重損害了余秋雨的文化聲譽。王強的文章，看似要討論余秋雨的學問及其文章，但細細讀起來卻暗藏殺機，否則怎麼會有「余秋雨不通外文」出現呢？

二、余秋雨「只能靠別人翻譯過來的二手材料進行研究」。王強的原話是：「《戲劇理論史稿》是一部研究東西方——主要的西方——戲劇理論的大部頭著作。能寫這樣規模著作的，應該是學貫中西占有大量第一手資料的人。但奇怪的是，余秋雨掌握的資料，——尤其是西方資料，極爲有限，有關國外的資料主要取自國內編的《古典文藝理論譯叢》等有限的幾部書。一個研究西方戲劇理論的人竟然只能靠別人翻譯過來的二手材料進行研究，豈不是一個大笑話？這樣的研究能有多少學術價值？」

這是王強捏造的又一個事實。七〇年代末期，余秋雨面對文化領域水平不高的熱鬧，他感到中國文化的振興需要更高的起點，於是他閉門苦讀了幾年。余秋雨從古希臘讀起，首先走進的是亞里斯多德的天地。那時亞里斯多德的著作只有爲數很少的部分譯介到國內，余秋雨便去上海圖書館借來亞里斯多德全部著作的英文本，憑藉著自己的英語閱讀能力，按照時間的先後，一本又一本地啃下去，並詳細地作了讀書筆記。余秋雨後來常對人說，讀完亞里斯多德就像又上了一次大學。後來他又按照時代順序讀了一代又一代大師們的著作。其中相當部分讀的是尚未譯介過來的英文本。……王強不顧最基本的事實，硬說余秋雨「竟然只能靠別人翻譯過來的二手材料進行研究」，一個「只能」說得多麼肯定，也許王強本來就知道這些基本事實，只是有別的用意才故意視而不見。

三、「余秋雨並未讀過艾略特的〈荒原〉一詩。」王強的原話是：「余秋雨在《陽關雪》中寫他在望不到邊際的墳堆中行走。『心中浮現出艾略特的〈荒原〉』。李書磊指出，這一聯想不著邊際，因爲艾略特〈荒原〉一詩的意象和墳堆毫不相干。」並由此推斷余秋雨沒有讀過〈荒原〉。楊長勛指出，沒有讀過〈荒原〉的恰恰是王強。他引用漓江出版社一九九五年版裘小龍譯的愛略特詩集《四個四重奏》中〈荒原〉一詩：

在群山傾頹的洞裡
在淡談的月光下，小草在
倒塌的墳上歌唱，而教堂
則是空無一人的教堂，只是風之家。

楊長勛接著說，現在來看王強的幾種謾罵：

1. 余秋雨「把自己變成了一個情緒化生物」。
2. 余秋雨的文化研究「是學術文化的一次倒退」。
3. 余秋雨「是對現代理性的反動」。
4. 余秋雨「對西方文化的無知」。

楊長勛最後指出，我們只能再次深深地感嘆，在沒有規則的文化領域，在守規則的文化場地，不入流者必然戰勝君子，必然戰勝大師。

面對大量的有關「余秋雨根本沒有學問」的指責，那麼，余秋雨又怎麼回答呢？余秋雨在《可憐的正本》中說：

有一陣子，批判我的散文已經用盡了詞彙，大家覺得乏味，開始有三、五個人轉而批判起我以前的學術著作來。——舉重若輕，「四兩撥千斤」，每次都是用七、八句話徹底否定我一百餘萬字的全部學術著作。他們可能在圖書館查閱過我的著作目錄，發現第一部是《戲劇理論史稿》，因此對這本書稍稍多批幾句，剛一批就不耐煩了，因此其他著作都一筆帶過。這種簡潔而爽利的批判文風很容易給讀者造成一個印象，似乎這是學術界的定論，就像數學中的公理，連推論都可以省略。「硬傷」變成了結疤的「老傷」，而這種「老傷」又是累累贅贅的一大堆，誰還有興趣去翻動？

「既然學術研究上已經徹底失敗，余秋雨苦惱不堪，終於想到了散文……」「余秋雨是何等聰明之人，靈機一動，就用散文筆法來掩蓋學術上的無知……」這種句子，讀起來確實很有快感。

專業上的事，本不必與專業之外的人多說什麼，但幾年來總有一些準備報考博士生的青年人來信提起這種批判，似乎頗有苦惱。那我就告訴他們：「至今沒有任何專業人士作出過這種評介。就以那本批得最多的《戲劇理論史稿》來說，仍是戲劇學博士點的主幹教材。作為教材使用十年後，獲文化部全國優秀教材一等獎。共獲此獎的，全國只有兩本。」一名教師，居然要向考生說這句話，連我自己都覺得無聊。

但不能不說。因為這已經不僅僅關係到一部學術著作的「正本」名譽，而且牽涉到國家的一門高層學科，一個正規專業的「正本」問題了。

南北報刊上也漸漸出現了一些理論詞彙，例如一個署名王強的人寫道：

余秋雨放棄了最起碼的學術理性，把自己變成一個情緒化的生物。他的「文化散文」，從內容到形式，都是對現代學術的一種嘲弄，是學術文化的一次倒退。這無疑是對現代理性的反動。

區區幾篇散文，何至於此？

在〈僞貴族心態〉中，余秋雨說：

批評我是小事，但在這裡我看到了一種很有鼓惑性的偽貴族文化心態，需要評說幾句。

我們生活在一塊曾經戰亂頻頻、多災多難的土地上，文化的承傳時續時斷，文明的力量顯得勢孤力簿。一個人學了一點文化，不必如何高深，憑著自己的良知和感悟做一點有限的創造，已經難能可貴，這是一個因陋就簡的事業，依據的是誠懇和刻苦，而不是遠在天邊的巍峨和精雅。億萬人民的文化饑渴，芸芸眾生的文明嚮往，大學課堂裡的雙雙眼睛，決定了我們勞作的使命。我們可能形貌平庸，舉止失措，家無譜系，早年失學，但也還有權利做一點文化上的事情，發一點評述一點歷史的聲音。我們沒有太多的學力和時間，不要說獨個兒悄悄去發掘「第一手歷史材料」，就連在書房裡通讀《二十四史》都不大可能了，但我們仍有權利面對歷史，因為我們自身也可算是歷史的第一手材料，我們是歷史的沉淀物。我們來不及精通那麼多外文，但我們為什麼知道今天還不能透過中國語文來了解和談論一點海外的事情？西方大量研究世界歷史的學者們都不會不談中國，但他們有幾個「通」了中文的？

與歷史對話，不僅僅是考古學者們的事情；與世界對話，也不僅僅是翻譯專家們的事情。歷史材料和外語技能，是學術的工具而不是學術的靈魂。工具較好當然便於研究，但沒有靈魂就作不成任何像樣的事情。把工具性的要求搭建起一個唬人的高台，其實是用文化之術在驅逐文化之道，歷來被一切文化大師所鄙棄。說到底，文化的偽貴族心態，正是缺少文化的表徵。

順便說一句，就我個人而言，對於愚昧和蠻橫尚能大膽面對，卻見不得各個領域的偽貴族，聽不得那種身處文化斷層期卻把全世界研究者全都貶為「大笑話」的優雅聲音，因為稍稍讓人有點噁心。以上這番議論是從對我的批評發出的，有可能被誤會成拒絕批評。事實上，我什麼批評都聽得下去，卻無法阻止自己在面對偽貴族的陣陣肉麻的身心反應，因此對他們的聲音豈只是拒絕，只想逃得越遠越好。如果他是北京人，我會說：「饒了我吧！」如果他是上海人，我會說：「幫幫忙，幫幫忙！」

余秋雨質問：吳先生，你是誰？

一九九五年九月十五日的文論報，發表了吳其言的〈讀者也有責任〉一文：

西方有刻薄的學者說，有什麼樣的人民就有什麼樣的政府，那些奴性十足的人民，只配有一個專制的政府。

這句話大可套用一下：有什麼樣的讀者就有什麼樣的作者。那些素質低下，慣於「追星」的讀者，只配得到一堆貌似深沉實則漏洞百出的讀物。

假如面對一個毫無責任感，開口「玩字」，閉口「碼字」的寫作界，觸目盡是格調低下，滿紙胡扯，錯誤百出的書籍，按說這是讀者的懊惱和不幸，你花錢花時間來讀書，結果卻消費了一番假冒偽劣，你說晦氣不晦氣？然而我見到一篇〈從余秋雨的遭遇說起〉的文章，忽然覺得這些被坑騙了的讀書人真是活該。

……

奇怪的是居然還有那樣一些嗜痂成癖的讀者，辛辛苦苦寫了文章來宣稱這些錯誤是「正常現象」，指錯的人倒像是冒了天下之大不韙，心理陰暗。這就讓人感覺到，那種惡俗的寫作風氣所以能成為風氣，並非僅是作者的原因，讀者的盲目和低劣也有極大的助長之豐功。

余秋雨的回答是：

也許有朋友會覺得我花費這麼多篇幅來回應這樣的批評不值得，但事情已不僅僅發生在我和批評者之間，而早已把廣大讀者拉進去了。由於批評者們藉著上述所謂的「硬傷」，對我的書竟能暢銷表示很大的憤怒，實際上已經批判到了我的廣大讀者。廣大讀者當然分不清「硬傷」的真偽，但對自己的閱讀感受還是不願放棄，因此對他們的批評方法表示了異議，結果立即在文論報上出現了署名吳其言的〈讀者也有責任〉這樣的文章。這篇文章以李庸先生指出的兩處「硬傷」為由頭，證明我的書是「假冒偽劣」的東西，廣大讀者是「嗜痂成癖」，「被坑騙是活該」，就像「奴性十足的人民，只配有一個專制的政府」。用這樣的詞句辱罵廣大讀者的事件，我想在中外文化史上也是少見的吧？我的讀者們沒有與他們對罵，直至這次《山居筆記》的盜版本上市，居然還有那麼多讀者花三十元的黑市價去購買，我真不知道說什麼好了。

由此忽然想起，吳其言先生明知我的書盜版成風，為什麼在大講當今書籍市場「假冒偽劣」的時候，獨獨避開了如此猖獗的盜版本？作者和讀者受「假冒偽劣」的傷害已經如此嚴重，吳先生像變戲法一樣突然把這頂帽子反過來套在受害者頭上，我不能不產生疑惑。吳先生，你是誰？

對於我的讀者，我只能深深表示感謝了。你們為我而挨罵，我十分抱歉。我要對你們說的是，即便他們指陳的「硬傷」全是真的，也絕不是什麼「常識」問題，你們看不出來也不丟人。你們即便不知道某位先生的同學的世交的後代可能寫過一本山志，也不知道別人的文章可以經過刪改後再批判，也算不上「奴性十足的人民」。

《感覺余秋雨》之後

幾年前，上海一家出版社出過一本書，題爲《感覺余秋雨》，裡邊彙編了評論秋雨散文的文章，許多文章都較有分量，比如社科院文學研究所樓肇明先生的〈文化接軌的航程〉，就以西方文化中的「酒神精神」和「日神精神」來觀照秋雨散文，認爲秋雨散文中理智、沉靜成分居多，缺少生命力的張揚和狂放。余秋雨多次講到，讀到這樣的批評文章，眞有豁然開朗之感，感觸很深。但時至今日，這等有分量、有見地的評論文章很難一見了，代之而起的是一些幾近謾罵的文章，動輒說秋雨散文有「常識性錯誤」。在接受《英才》雜誌戴佩良採訪中，余秋雨說：「如果說我寫一篇唐代文章，完全是拍著腦袋寫出來的話，那有可能產生常識性錯誤，但這就是大天才了，能夠拍拍腦袋就寫出了唐代文章。我完全不是這樣的。寫一篇唐代文章，我要翻大量的已經出版的唐代文章和唐代的研究結果，你知道嗎？這很難犯錯誤。……我有那麼多學術界的朋友，我寫完一篇唐代的文章，一定會給十個以上的中國唐代研究專家看，如果說我犯了常識性錯誤，就是我們這代學人全犯了，而那個指責我的青年學者對了，怎麼可能呢？我也有個想法，有一天把這些批評我的文章全部收集起來，也不做評論，就寫一篇序，很感謝的序。只是這樣做的話，就顯得太張揚了。」

在中國歷史上，曹操的雅量是出名的，棟琳在袁紹手下時寫文章，把曹操的祖宗八代都罵了，曹操還重用他，大概是欣賞他的文章寫得好吧！夸罵自己的文章的人有一些，但把罵自己的文章精心搜集、編輯出版的，據我所知，只有一個雍正。湖南書生曾靜把雍正皇帝罵得狗血噴頭，皇帝居然不生氣，還和他一起「民主討論」，還御製發行了一本《大義覺迷錄》，曾靜罵人的話都在裡頭。時至二十世紀末，余秋雨要編罵自己的文集，也算得上一樁耐人尋味的公案。

但願余秋雨能編出這本《批評余秋雨》。那將是二十世紀中國文學中的《大義覺迷錄》。

千年庭院的風波

由湘財證券、湖南經濟電視台主辦，岳麓書院協辦的「千年行動」，使余秋雨又一次成了大家議論的話題。與余秋雨的無備形成鮮明的對比的是，主辦單位作了精心的準備。

據一份策劃報告，主辦單位此次活動旨在製造一次「文化事件」，一次「行爲藝術」。文化名人余秋雨「設壇」千年學府是其最大的賣點。報告選題爲：〈中國知識分子本世紀的角色與二十一世紀的使命〉，〈走進二十一世紀的中國文人〉，〈二十一世紀文化景觀〉，〈湖湘任務與湖湘文化〉等。以上選題著眼與「文化」、「文人」、「歷史」、「世紀之交」。期待有更好的選題，最好能契合余秋雨、契合湖南、契合電視。基本形態爲：現場由梅東主持、余秋雨主講。觀衆現場及網上提問。電視現場直播，網上同步傳遞。

秋雨欲來風滿樓，有人歡喜有人憂。在消息傳開之後，不少專家對余秋雨的到來表示了異議。湖南省社科院文學研究所所長陳書良對當地傳媒說，湖湘文化最大的特點是兼容並蓄和純學術性。希望余秋雨先生來岳麓書院講學時，能夠帶一些有重大學術創建的東西來，但對於余秋雨先生能否做到這一點，他表示懷疑。「以我對余秋雨先生作品的理解，那只能稱作淺學術雅散文。」文藝批評家余開偉說，余秋雨是在受到眾多質疑時以這種方式來岳麓書院講學，不能不讓人懷疑其中摻有非學術動機。然而，所有的讀者都歡迎余秋雨的到來。

余秋雨的演講於七月十一日下午四時三十分開始，約延續一個小時。岳麓書院講堂是湖湘理學大師們談經論道之地，講堂裡至今保存著朱熹、張栻等大師用過的木製講壇。余秋雨先生的講台搭在講堂前的兩根楹柱之間，也就是當年大師們登上講壇前駐足洗塵的地方。觀眾聽課在天井裡。下午三時剛過，大家穿著雨衣或撐著雨傘，在雨中等待著演講的開始。

在演講開始時，余秋雨強調，他自己絕非在此「設壇論道」，而是像學子朝拜千年庭院，朝拜一代代的大師。在演講中，余秋雨主要講了他對世紀之交中國文化的傳播問題的看法，他把幾個世紀以來將中華文化的成就以及文化的傳播比喻成「建橋」：說中華文化已經搭建了三座橋，一是經典理學之橋；二是世俗民藝之橋；三是訊息傳播之橋。強調現在要呼籲建構「第四座橋」，因為「中華文化還沒有足夠地、強有力地體現民族靈魂，讓文化圈外的人們感動。」余秋雨明晰地闡釋了「第四座橋」的精神內涵，即「眞正揭示中國人只爲中國人的藝術氣韻」。他說這座橋由他們這一代來搭的可能性不大，因此寄希望於二十一世紀。「我們要做的是，積極的準備，大力的歡呼，期待建設者。」余秋雨相信，到二〇二〇年左右，中華文化將會出現一個範圍相當廣泛的復興；這種復興會給中華民族帶來精神意義上的尊嚴，炎黃子孫的生命質量將大大提高。

演講結束後，余秋雨還進行了近一個小時的現場答問。一位白髮蒼蒼的理工科教授，當場將自己的兩本著作贈給余秋雨先生，稱余秋雨在演講中闡述的觀點，與自己書中的一篇文章不謀而合。他還朗誦了自己致余先生的一首詩，以示惺惺相惜之意。余秋雨說：「對於我的文章的批評，我一方面感到很高興，一方面也感到遺憾，因爲讓我感到刻骨銘心的批評，我還沒有看到過。」

數百名讀者在雨中參加了這次活動。

在事後也有一些湖南資深學者對余秋雨在古人講學聖地演講這一行爲提出了質疑。湖南省社會科學院文學研究所所長陳書良說：「我是在岳麓書院出生的，那裡永遠是我心中的聖殿，而絕非一吟花弄月之地，在岳麓書院裡講的必須是嚴肅的學術。而余秋雨先生在這樣一個地方作這樣一個學術含金量很低的演講，有傷湖南學術界的感情，他自始至終地看完直播，使他吃驚的是，余先生演講的地方不是書院通常進行學術文化交流的文廟，而是忠孝廉節堂。那是一方學術聖地，一代大師太炎先生，遇夫先生〔註一〕也未曾在此開講，所幸余先生還沒有膽量坐在朱熹坐過的椅子上。」

湖南省社科院炎黃文化研究所所長何光岳認爲，岳麓書院是博大精深、傳播不絕的湖湘文化的最重要實體，在湖湘學人心目中擁有至高無上的地位，歷來在此論道傳學者均是當時的名師碩儒，所傳授的也無一不是關乎大本大源的煌煌高論。余秋雨先生的演講內容屬通俗文化演講。在開創一代學派的地方進行這種演講，所選的地方確實不合適。

文藝批評家余開偉認爲，講座未達到較高的文化層次和學術層次，是一次通俗的文化講座。

然而，許多學者對余秋雨的到來持贊成意見。湖南省藝術研究所所長余康生認爲，余秋雨作爲一個著名學者來岳麓書院講學是一件好事，希望以後舉辦更多的學術活動，把湖南的學術氣氛帶動起來。余康生強調，余秋雨給藝術工作者帶來的啓發是，藝術工作者應該時刻把觀眾放在首位。一位署名公開的作者針對一些對余秋雨批評的說法，在長沙晚報發表〈還是寬容些好〉一文，他指出：「岳麓書院之所以名揚四海，就在於它是湖湘文化的搖籃。湖湘文化之所以在近代大放異彩，就在與它的『兼容並蓄』與『經世致用』。……這些年來岳麓書院講學的，余秋雨先生並非第一人，更不會是最後一人。能接納海派文化學者來這裡與湖南學界對話，正可見岳麓書院尚未失卻昔日的優良傳統。」

湖南大學中文系教師柳禮權說，余秋雨淵博的知識和傑出的口才同他的散文一樣，對現場聽眾來說是一種享受。他的通俗與高雅結合之說也啓發教育工作者深入淺出、通俗易懂的傳教。

一九九九年七月二十六日，剛剛從香港返回的余秋雨在深圳接受了我的專訪。

余秋雨說：「那次演講我事前並不知道。本來是躲到湖南的一個朋友處去寫作的，不知怎麼被發現了，電視台和岳麓書院就安排了這個活動，並快速地發出了通知，我已經無法拒絕。但我在講話一開始就花很長時間鄭重說明，今天不是來演講而是來朝拜，因爲今年正好是朱熹逝世八百周年，後代學人理應來朝拜。爲此，我在這個活動的前半部分主要介紹了朱熹的業績和故事，後半部分則是與讀者交談中華文化在下一個世紀可能取得的地位和面臨的困境。

「至於外地學者有沒有朝拜岳麓書院的資格，」余秋雨笑著說，應該是有的。其實歷史上活躍在岳麓書院的湖湘學派是寬宏兼容、不拘地域的。朱熹和張栻的會講稱得上是岳麓書院頭等盛事，但朱熹是江西人〔註二〕，當時三十九歲；張栻是四川人，當時三十四歲；張栻的老師胡宏〔註三〕則是福建人。可以想像，他們的學生更是來自五湖四海。因此，文化人不要在地域上過於敏感。

「但是，討論資格的事情也使我高興，」余秋雨說，「多年前，我在寫作《千年庭院》的時候，爲了把民間教育放置到文明演進的重要地位而長久地仰望岳麓書院，實在是花了不少勇氣的。現在，這些問題居然都不存在了，那兒又已經神聖得讓人不敢靠近，這實在讓人高興。」

「但是，平心而論，祖先留給我們的學術活動場地還是讓他們活起來才好，過於苛刻的要求不太合適。黑格爾、歌德講過的課堂，當代年輕的助教就不能進入了？現在岳麓書院也有院長，是一位很年輕的副教授，我覺得他是有資格做院長的，如果一味追求千年規範，到哪裡找院長？」余秋雨說，「我認爲，這裡可能也包含著中華文化傳承過程中某些關鍵問題，值得深思。器宇恢弘的湖湘學人，在這方面會有更明智的見識。」

〔註釋〕

一、指著名文字學家和歷史學家楊樹達。

二、朱熹，徽州婺源（今屬江西）人，僑寓建陽（今屬福建）。

三、胡宏，崇安（今屬福建），二程（顥、頤）的再傳弟子。

文化與殺手

余秋雨第一本遭盜版的書不是《文化苦旅》，而是《中國戲劇文化史》。與後來的各種散文盜版本不同，這一盜版本還將原著中少數的錯訛一一改正過來。余秋雨後來查明，該盜版者是台灣一所大學門口看書攤的一位老頭。雙方見面後，老人深感抱歉，送了二十本樣書做賠償。余秋雨還寫了〈盜亦有道〉一文。

《文化苦旅》的苦旅

八〇年代中期，余秋雨在巴金主編的《收穫》雜誌開設專欄「文化苦旅」，引起了廣泛好評。其中地處湖北恩施的《鄂西大學學報》曾設「《文化苦旅》筆談」專欄，發表了該校中文系五位教師的文章。《收穫》上專欄的轟動也引起了出版界的關注，北京、上海、天津、廣州等地的七家著名出版社和海外的出版社紛紛向余秋雨約稿。但余秋雨被一位找上門來的編輯特別謙恭忠厚的口氣所感動，把文稿交給了他所在的外省的一家小出版社。結果半年後來信說，部分稿件在審閱的過程中被丟失，要他補寫，余秋雨補寫了之後，又過去整整一年多之後，出版社發現余秋雨的文章並不都是輕鬆的遊記，很難成爲在每個旅遊點兜售的小冊子，因此決定大幅度刪改後付印，並把這個消息興高采烈地告訴余秋雨。余秋雨當時正在國外講學，幸虧《收穫》副主編、巴金的女兒李小林得知後急忙去電話強令他們停止付印，把原稿全部寄回。寄回來的原稿已被刪改得不成樣子，難以卒讀，余秋雨幾次想把它投入火爐，上海知識出版社的王國偉、上海文藝出版社的陳先法、上海教育出版社的魯萍都有心救活它，最後由王國偉雇人重新清理抄寫使之恢復原樣，才使這本書死裡逃生。到了一九九二年終於由上海知識出版社出版。

那麼，那家出版社爲什麼會與這樣一部好作品擦肩而過呢？那家出版社曾通知余秋雨其書無法通過審查的原因：全書的多數文化觀念和情感方式不符合我國目前的思想方針。在退稿時，這家現在肯定懊悔不已的出版社還在附信一再囑咐余秋雨千萬不要讓未經刪改的稿子到別處惹禍。

對此，余秋雨感慨萬端：「這件事其實怪不得那家出版社，他們是按照自己的工作規範和處事準則在辦事，誰叫我事先不打聽清楚呢？但我就此聯想到，一本書的出版就像一個人的成長一樣，都得經歷七災八難，越是斯文遇到的麻煩可能越多。只要一步不愼便會全盤毀棄，能像模像樣存活其實都是僥倖。況且文人本身的毛病也多，大多既有點孤傲又有點脆弱，不願爲了一種成果而上下其手，四處鑽營，曲意逢迎，往往一氣之下便憤然投筆，毀琴焚稿。在我們漫長的文化延續史上，眞不知有多少遠比已出版的著作更有出版資格的精神成果就這樣湮消雲散了。其間自然還包括很多高人隱士因不想讓通行言辭損礙玄想深思而故意不著筆墨。從一定意義上說，人類的精神成果大量耗散和自滅帶有一定的必然性，而由於一時的需求、風尙、機遇、利益而使歷史上某些人的某些書得以出版面世，則帶有很大的偶然性。因此，連篇累牘的書籍文明的隱顯有無，本身就是一個讓人困惑的現象。我曾記得有一位當代青年美術家曾將幾十萬字木刻印刷漢字層層疊疊地披掛在屋頂和四壁，而細看之下卻沒有一個字能被我們認識。這個奇特的作品傳達出一種難以言表的文化怪誕感，曾使我深深震動。當然話又說回來，歷代總有不少熱心的文化人企圖建立起一種比較健全的社會文化運行機制以求在偶然性和怪誕感中滲入較多的明智的選擇，儘管至今這還是一種很難完全實現的願望。」

余秋雨說，得知上海有出版社可以不經刪改出版這本書，已經深感僥倖，連出版合同都沒有簽就付印了。出版後不僅沒有惹禍，反而一路暢銷。暢銷三個月之後，有了第一種盜版本。

盜版中的苦旅

《文化苦旅》自出版到現在，一直盜版不止。而報紙不斷的披露《文化苦旅》盜版被查處的消息，但余秋雨沒有得到任何查處結果的消息。

一九九六年夏天，余秋雨去新疆，發現當地讀者要他簽名的書中盜版本佔九成，而一九九七年去安徽中國科技大學演講，要他簽名的書中依然有一半以上是盜版本。

錯字連篇的盜版本，讀者上了當還埋怨出版社和作者。有一個讀者曾給余秋雨寄去厚厚的勘誤表，並在信中說，我知道你很忙，我幫你校對吧！顯然帶有責怪和諷刺的意味在。他不知道買的是盜版本。一些讀者知道盜版本泛濫，就建議多印一點。余秋雨便打電話給出版社，得知已經印了三十多萬冊，並且與出版社補簽了出版合同。但之前這三十多萬冊拿的是一次性稿酬，與他購買此書的款項基本持平。

出版社一直在印刷這本暢銷書，但盜版者可以把書以二、三折的折扣批發，因而占據了大多數市場。所以余秋雨在市場看到的絕大多數《文化苦旅》是盜版本。只是近一、二年盜版本在印刷質量上有了很大的提高。那麼人們是怎麼看呢？

1. 一次，一個賣書的拚命向余秋雨推薦盜版的《文化苦旅》，余秋雨支支吾吾地說這有可能是盜版書，賣書的勃然大怒，說：「盜版？你才盜呢！買不起書，別到這兒來起膩！」

2. 余秋雨就盜版曾問過一位年長的幹部，這位幹部哈哈一笑，拍著他的肩膀安慰道：「好書嘛，多印一點怕什麼？」

3. 余秋雨的一位朋友說：「盜版，是在特殊時期普及文化的一條途徑，也是對僵硬的出版體制的一種衝擊，表面上惡，實際上善，你要看得宏觀一點。」

4. 余秋雨另一位朋友在信中說：「書市間見尊著被大量盜版，可喜可賀！唯一的遺憾是錯別字太多，弟準備寫一篇雜文〈盜亦有道〉，勸他們今後校對得認真一點。」

毀版停印《文明的碎片》

面對泛濫的盜版，似乎又沒有有效的解決辦法，於是他「山居」了——新寫的文章以《山居筆記》專欄的方式在《收穫》上連載。而一九九二年深秋，余秋雨在香港沙田的一個山坡上閒住。推窗望去，一半是綠樹織成的山壁，一半是迷迷濛濛的海灣，於是日夜只與鳥鳴和濤聲相伴，想找個住得最近的朋友也得翻山越嶺。《山居筆記》也在這裡一篇接一篇地寫著。余秋雨在台灣版《山居筆記》小引裡是這樣描寫的：

如有神助，我竟來到了這個與出生地非常相像的地方，而且要居住相當長的時日。我相信這是一種莫名的力量對我的提醒。我有一些正事要做，但在清晨薄暮，可以隨意拿一支筆塗塗畫畫的時候，四周的一切驅使我去尋找遠年的靈魂。我以往旅行中留下的一些筆記，又引誘我把已經開始的對話進行下去。這兒有一種曠古的寧靜，這便是對話的最好環境，就像哈姆雷特在午夜的城頭面對他已死去的父親。父親有話沒有說完，因此冤魂盤旋；兒子一旦經歷了這種對話，也就明白了自己的使命。

由於《文化苦旅》的暢銷，加上九〇年代中期又掀起新的一輪散文熱，許多出版社紛紛找到余秋雨，他們譴責盜版，並探索相應的對策，決心以精致的選本來掃蕩盜版。但余秋雨對絕大多數出版社持拒絕態度，因爲他認爲，他寫的散文不多，選來選去會損害讀者的利益。但對方的反駁是：「爲什麼會有那麼多盜版本？因爲還有很多讀者買不到你的書。」

一九九四年春，在各種約稿信中，余秋雨收到浙江文藝出版社社長蔣煥孫的一封信。余秋雨作爲浙東學派一脈相承的文人，對浙江是充滿感情的，「浙江是我的家鄉，祖先怎樣漂泊到浙江來的且不去管它，而我的生命卻是確確實實首先出現在浙江的，並在那裡首先拿起書、握住筆、認了字。是的，不管我今天寫下多少文章，從筆端流瀉出來的絕大多數文字，都是浙江給予我的。……誰教會了我，我就把作業交給誰，這是天下課堂的共規。當老師伸手問我要作業的時候，我只得趕緊解開布書包，把那本揉皺了的作業本恭恭敬敬地捧出來。浙江要我的書稿，我立即回到了小學生時代。」

余秋雨還對專程來上海的浙江文藝出版社編輯說：「過去走南闖北的漂泊者們好不容易存下一點財物總想送回老家藏著，我的各種文稿，可以在海內外胡亂鬧騰，但依據古道，存一些自己覺得可意的給浙江文藝出版社，心裡覺得安定。交存的文稿當然多數是在別的地方出版、發表過的，我在交存前會重新認眞地修改一番，使他們有可能存放時間長一點。……文章我還會繼續寫下去，當然也會出版其他選本，但我特別看重浙江這個屬於交作業、存私房的選本，則是毫無疑問的。我的文章常會有不少改動，至少到目前爲止，以這個選本爲準。」

這個選本就是《秋雨散文》。

接著，春風文藝出版社的安波舜，希望余秋雨和許多作家一樣，涉足一下布老虎叢書，因爲這個叢書也在做著文化人大幅度鍥入社會的試驗。春風文藝出版社對「布老虎」進行商標註冊，在當時內地尚屬首次。余秋雨於是答應交給他一部主題散文集，主題就是文明，碎成了碎片而依然光亮的文明，讓人神往又讓人心酸的文明。

這個選本就是《文明的碎片》。

然而，這兩本書剛出版，又遇到大量盜版。《文明的碎片》盜版本製作得相當精良。而《秋雨散文》的盜版本則連余秋雨自己也分辨不出，曾與妻子馬蘭買了一大批送人；後來見到報紙上有一篇專談識別眞僞《秋雨散文》文章：才知道他自己送出去的全是盜版本。

就在此時，余秋雨收到河南省一位大學生的來信，他說他新近買了一本《文明的碎片》，發現其中有些文章選自《文化苦旅》，這對他來說就造成了不必要的重複。拿著這封信他苦惱了很久。心想果不其然，確實有一批讀者見了他的書每本都買。余秋雨想，即便別人對不起他，他卻不能對不起讀者。反正朋友們誰都知道，他在出版書籍的經濟收益上永遠鬧著難以讓人置信的笑話、但不應該再把這些笑話讓讀者分擔。

余秋雨最後作出兩項決定，第一，與出版社商量，立即拆版停印《文明的碎片》，由他承擔損失；第二，既然《秋雨散文》中已經收了《山居筆記》中的不少篇目，不再在大陸出版《山居筆記》。第一項決定得到了出版社的同意，但第二項決定後來卻遇到了麻煩。

余秋雨低估盜版者

余秋雨之所以不願意在內地出版《山居筆記》，還有一個想法，就是要讓盜版者無版可盜。因此當好幾家出版社提出以優惠的條件出版《山居筆記》時，余秋雨都拒絕了。然而，有幾個口氣曖昧的電話引起了余秋雨的警覺，他們經常自稱是余秋雨的朋友的朋友，但卻不告知眞實姓名。這些人說的是這個意思，他們現在正在探索一種更靈活的出版渠道，以前也曾嘗試著「操作」過他的書，只要他願意在《山居筆記》上的合作，可以先付余秋雨一筆錢，而且對他造成的損失也可以商量補給。

那麼，所謂更靈活的出版渠道究竟指什麼？不外乎想擁有《山居筆記》的版權之後，買個書號出版。他們可以付給作者的報酬比出版社所付的多，但他們想方設法透過逃稅、隱瞞印數、提高定價等行爲，達到「撈一票」的目的。

他們的行爲自然遭到了余秋雨的拒絕：「我不能戲弄讀者。」但糾纏一直不斷，最後，余秋雨不得不換個電話，但半個月之後，他們又找到余秋雨的電話了。在余秋雨驚嘆「他們眞有本事的同時」，他多少明白，不是圈內人，不可能這麼快就知道這電話號碼的。

一九九五年八月，余秋雨在台灣偷偷出版了《山居筆記》直排繁體字本，起初盜版者當然不知道，但三個月後，一九九五年十一月十七日，人民日報華東版報導了該書已名列海外華文書排行榜第二，僅次於日本大江健三郎的《性的人》。接著，過了一個月，《山居筆記》又獲海外華文文學最高獎——台灣聯合報讀書人最佳書獎第一名。一九九六年一月十七日，中華讀書報頭版發表了這一消息。

令余秋雨驚奇的是，那些騷擾電話居然沒有了？

余秋雨懸著的心終於放下了，但沒有想到，他低估了盜版者。

被迫在內地出版《山居筆記》

一九九八年五月，內地各省市就出現了大批盜版本《山居筆記》，因爲在內地無版可盜，所以狡猾的盜版者將此書封面圖像採用台灣版，但裝幀方式卻近似《文化苦旅》，並註名「《文化苦旅》續集」，全部精裝，一般人很難看出是盜版本。假冒的出版社爲「內蒙古文化出版社」，並且有條碼。

令人難以置信的是，盜版集團的發行能力似乎絕對一流，書很快在全國鋪天蓋地。盜版本註名出版日期是當年五月，余秋雨就收到西藏一位讀者一九九八年五月二十三日寫給他的信，信上說，他終於買到《山居筆記》了，並站在世界第三極對余秋雨表示祝賀。

這個盜版本在「版權頁」上的印數爲五千冊，但上海市公安局文保處在上海文廟的一個書攤老板那裡就查獲二千七百多冊。其標價爲二十元，但售給讀者居然是三十元！

現在該怎麼辦？

來自全國讀者指正錯別字的信件越來越多，余秋雨透過有關媒體告訴讀者，希望讀者不要去買這個盜版本。但效果並不明顯。

余秋雨只好向李小林求救，李小林說，他們正在編輯一套「收穫文庫」，這本書原先就在裡面，浙江文藝出版社出版《秋雨散文》時只選載了一部分，至今內地讀者還沒有見過《山居筆記》全貌，由他們出一個正本理所當然。

昔日毀版停印《文明的碎片》，今日卻被迫出書。《山居筆記》最終由文匯出版社於一九九八年九月一日在全國上市，並在當年訂出二十萬冊。余秋雨特地要我透過媒體轉告全國讀者，買了《秋雨散文》的，就可以不必再買《山居筆記》了。文匯出版社副總編輯戎思平告訴我，要把盜版者送進監獄！

余秋雨在《山居筆記》自序中指出，報紙上絕大多數批評他的文章，是盜版者組織寫的！這當真使一般人感到難以置信！

偽本《霜天話語》浮出水面

一九九八年七月份，我在報導余秋雨被迫出版《山居筆記》遭盜版一事時順便提到，打算將發表在上海《收穫》雜誌「霜天話語」專欄文章結集出版，命名為《霜天話語》。余秋雨在文匯版《山居筆記》序中提到，「將出版一本新寫的散文集《霜天話語》，估計仍會被盜版，希望你們留意。」

一九九八年九月八日，我在北京市海淀區雙榆樹西里書攤上發現了這本書，該書封面有組成「心」形的霜葉，有「余秋雨著」，「霜天話語」，「敦煌文藝出版社」等字樣，封底有余秋雨的照片，作者簡介，所謂「版權頁」稱印數為三千冊。當晚該書攤群有八家書店營業，其中有六家出售該書。且有一家把文匯版《山居筆記》夾在盜版本《山居筆記》和偽本《霜天話語》之間。由余秋雨出版過的和發表過的文章共三十四篇拼湊而成，卷首並有白燁的〈智者的散文——讀余秋雨散文一得〉，文章錯誤百出不堪卒讀，僅〈遙遠的絕響〉一文，記者初校一遍，就發現有四十六處錯誤，其中有把「《思舊賦》」錯成「《思舊賊》」等。這是一個不折不扣的偽本。但是，圖書封面設計、目錄編排都相當規範甚至精美，可以斷定，此書非專業人士所不能為也。

九月九日，我受余秋雨的委託，帶著偽本《霜天話語》去新聞出版署，版權司副司長辛廣偉對盜版者製作如此精美的盜版本驚嘆不已。但表示，儘管因眾所周知的原因，打擊盜版困難重重，但他們將克服困難，採取措施予以堅決打擊。後來，北京市版權局查繳了《霜天話語》一書。

敦煌文藝出版社社長李保軍告訴我，該社根本沒有出版過該書。由於地處甘肅偏遠地區，該出版社一九九八年被不法書商冒用十多次，名譽和經濟都受到很大損失，他感到非常氣憤和無奈。目前國家雖然強調堅決打擊盜版，而實際執行起來卻十分艱難，由於地方保護主義等原因，使盜版者越來越猖獗。

中國社會科學出版社副社長白燁告訴我，〈智者的散文——讀余秋雨一得〉，是他發表在一九九八年二月《中華散文》上的文章，沒想到被侵了權。「盜版者想給讀者這樣一個印象，這本書是白燁作序的」。白燁表示，「儘管打擊盜版有點無能爲力，但還是要與不法書商鬥爭到底，能鬥爭到什麼程度就鬥爭到什麼程度」。

作家出版社副社長白冰說，他感到非常憤怒，該社正在運作出版《霜天話語》，沒想到已經遭到侵權。他說，不法書商的盜版行徑不僅侵害了作家出版社的利益，也打擊了作家創作積極性。

余秋雨則表示，這次交給作家出版社的書將改用一個新書名，因此市面上所有「余秋雨著《霜天話語》」都是僞本。余秋雨還說，將由作家出版社出版的這本新散文集，每篇文章都是新的，不會收錄過去已出書的任何一篇文章。希望讀者自覺抑制盜版，不要去購買錯誤百出的僞本。

作家出版社首先在各地報刊發表聲明，叫讀者不要上當，並請求新聞出版署予以查處。一九九九年一月，國家版權局版權司，全國掃黃打非辦聯合發出通知，要求各地下屬部門予以查處盜版本《山居筆記》和僞本《霜天話語》，同時要求查處的還有吳小莉的盜版本《圓人生的夢》。

處處是文化殺手

余秋雨《山居筆記》一萬五千字的長序，是對盜版者和惡意批評者的強烈反擊，沒想到《山居筆記》一出版，就遭到新一輪的惡意批評和盜版。

我閱讀了這些批評發現，這些批評從批評態度和內涵上，都沒有超過以前的。他們竭力裝出一副「余秋雨的老師」的樣子，卻掩飾不了其誠惶誠恐的內心。

批評者對於讀者選擇了余秋雨表示了無名的憤怒。其中一篇題爲〈余兮余兮奈若何〉的文章中稱：「我頗疑心余秋雨的走紅，是因爲他的文化姿態而不是散文成就。是啊！誰不說俺家鄉好？一篇〈抱愧山西〉，山西人時常稱引；一篇〈千年庭院〉，湖南人自然大悅；〈鄉關何處〉更算得造福桑梓。更重要的是，他給讀者一個可以感知的、簡單把握的文化。」文章似乎玩盡了空手道和玩深沉的功夫。另有人在〈致余秋雨教授的一封信〉中，從文章的命題、立意、徵引典籍方法等多方面給余秋雨先生「上課」，並說：「如果你不厭煩的話，我想告訴你……」又說：「我寫了不少，該擱筆了，我直言，共勉而已。」但這些批評者似乎不明白，余秋雨對這類「上課」早已厭煩，更不會與他共勉。

北京一家報紙發表了敦白〈余秋雨：一聲不吭也好〉一文，文章不長，不妨全文引用：

前兩年拜讀余秋雨先生的《文化苦旅》覺得詞章流暢，文筆清新，雖非深邃幽遠的洪鐘大呂，卻不失江南絲竹的優雅動聽。偶爾看到報刊文章持有異議，認為那不過是文人相輕，對於先生事業有成紅袖添香難免妒忌罷了。

近日讀北京青年報九月十三日四版記者採訪文章〈余秋雨：一聲不吭也不好〉，方知道現今余先生已非同小可，儼然一文化巨擘，以至於形成焦點，誠如黃宗江先生所言「罵余秋雨是當今文壇一大時髦」。慶幸自己不是「文壇」中人，也不想趕時髦，所以不妨將溫文爾雅的余秋雨先生答記者問摘錄如下：「現今很多報紙都是討論余秋雨在傳媒曝光率太高，但寫文章的人他本身就在傳媒上了。這個例子我反覆用：魯迅，郭沫若在五四以後和老一代文人的最大差別就是占據了傳媒的很大地位，中國需要用文化和這個社會溝通」。言者無心，聽者有意，弦外之音躍然紙上。

據介紹，余秋雨先生除了《文化苦旅》外，還著有《山居筆記》、《文明的碎片》、《霜天話語》等力作。未盡拜讀，不知時下幾人讀過？亦不知影響可否與《吶喊》、《女神》相比較？即使寫得好，僅就這幾部著述而言，怕也難與五四新文化運動以來學富五車、著作等身的巨匠大師魯迅、郭沫若相提並論。

余生也晚，未曾目睹魯迅先生風采，但自少年時代多次觀仰過郭沫若先生，且耳聽面命，聆聽過先生教誨。儘管世人對沫若先生褒貶不一，但就虛懷若谷而言，魯迅、郭沫若是一致的，從未將自己和晚清大師章太炎、王國維諸先生相比較，即使在如余秋雨先生「反覆」所言「魯、郭」二位先生和老一代文人最大差別就是占據了文化傳媒的很大的地位，也未曾見於二位先哲任何文字。

既然余先生的作品多次獲得海內外大獎，同時又肩負著當今「文化與社會溝通」的重任，仍需多多保重。依愚所見，還是一聲不吭最好！

這位「沫若先生」的學生敦白先生氣生得好笑！只因爲余秋雨在談話中提及了郭沫若，敦白就忍不住吭聲：余秋雨，還是一聲不吭最好！敦白口口聲聲稱「言者無心，聽者有意，弦外之音躍然紙上」正自招了其沒事找事的天機，不趕時髦是什麼？另外，敦白說「余秋雨的作品有《霜天話語》」，其實，就在北京青年報九月十三日四版也就是和引起敦白生氣的〈余秋雨一聲不吭也不好〉的同一版面，就披露了《霜天話語》是由不法書商拼湊而成的非法出版物，也就是說，余秋雨的力作中，並沒有《霜天話語》這一部作品。敦白先生連對余秋雨最起碼的了解都沒有，卻吭個沒完沒了，當眞只許州官放火，不許百姓點燈。

我就這些問題採訪了一些學者作家，他們一再叮嚀我報導時不要透露其姓名，因爲他們不願受到這些不負責任的批評者的糾纏。

北京一位著名作家指出，余秋雨用一種抒情散文的形式普及文化，並對讀者起到浸潤作用。像余秋雨寫得這麼好、這麼多的當代散文作家，在內地找不出第二人。這位作家還指出，一些批評者叫囂「滅了余秋雨」屬無理取鬧。滿街都是港台散文就好了嗎？幹嘛和余秋雨過不去！能與港台抗衡的散文作家，內地惟有余秋雨而已。其實，余秋雨是滅不了的。不過，「做名人就得付出點代價，誰叫你名氣大得沒有道理！」

香港一位學者指出，不負責任的批評者對大眾文化的自由選擇產生憤怒，是不可理解的，只有在長久的文化不自由環境裡慣了的人，才會產生如此不適應。

秋雨何罪，獨以名太高！

文化盜賊和文化殺手聯手

在《山居筆記》的自序裡，余秋雨做了一件會招來眾怒的事——他指出，文化盜賊與文化殺手聯手，企圖搞臭余秋雨。

余秋雨敘述了這樣一些遭遇：起初有人打匿名電話表示，他正在探索一種更靈活的出版渠道，以前也曾試著操作過他的書，只要他願意在《山居筆記》上合作，可以先付給他一筆錢，而且以前對他造成的損失也可以商量補給。遭到余秋雨的拒絕後，多次糾纏，並說，報酬很有彈性。爲此，余秋雨不得不更換電話號碼。

接著，一位北京的朋友告訴余秋雨，「他們」準備花一兩年的時間組織人寫批判他的文章；魏明倫向余秋雨朗讀了一家刊物上的文章：「余秋雨既然能在傳媒間紅起來，那麼也能讓他在傳媒間毀掉。」

然而，余秋雨那些話還是無法說服人：一般人認爲，盜版者惟利是圖，哪裡有時間組織批判文章？

一九九九年三月二十九日，王海在北京梅地亞中心接受了我的採訪。

據介紹，由王海任執行董事的大海商務顧問公司的一項重要業務是向客戶提供反知識產權侵權調查與諮詢服務，然而，這方面只有爲「黑豹」進行反盜版調查等寥寥幾筆業務。而這其中絕大多數客戶的意圖也不是爲了反盜版，而是爲了自我宣傳，因爲王海一直是輿論關注的焦點。而大海商務公司眞正徹底反盜版的業務是王海自己的，《我是刁民——王海自述》反盜版取得巨大成功。先是該書正版本很快佔領市場，後是根據線人提供的線索，新聞出版署在河北某地監獄一舉搗毀一大生產盜版書的窩點，繳獲盜版本《我是刁民——王海自述》一萬冊，並繳獲其他盜版書數十萬冊。王海事先稱「要把盜版者送進監獄」，但沒想到盜版者本來就是監獄的。

我問：許多雜誌社，出版社出巨資懸賞打擊盜版，難道這也是假打？王海說，不錯，這只不過虛張聲勢而已。他曾找上其中出巨資懸賞的一家，要求出一個委託書或承諾書，但對方推說先落實再說。王海說，憑他遍布全國的線人，要找到盜版窩點並不難。

那麼爲什麼作爲盜版的直接受害者的出版社沒有決心去打擊盜版呢？王海說，前幾年，當盜版剛剛露出苗頭時，出版社若聯合進行反盜版，那將對盜版起到一定的遏止作用。但當時誰都沒有意識到。現在想反盜版也反不了了。因執法不力，一些地方政府保護本地利益等原因，使打假難度增大。而出版社打假之後並沒有得到相應的補償。且打掉這個窩點，另一個窩點又冒出來了，打不勝打。出版社考慮的是，既然無法徹底打掉，與其花這些時間、精力、資金打假，不如用於再出版其他新書。

王海說，現在圖書影像製品盜版的主要特點是：盜版版本多；發行速度快，發行範圍廣；價格低；有的盜版產品從外觀包裝看甚至優於正版的。另一個原因是，許多出版社裡有內奸。

王海說，要徹底根治盜版，歸根結底兩點：一是開放競爭；二是改善管理。「內奸」多多少少應驗到余秋雨身上，上海市公安局在追查《山居筆記》盜版本時發現，盜版者與北京某出版社編輯有很大的關係；北京幾位作家收到了一筆錢，要他們寫批判余秋雨的文章。這幾位作家雖然不願透露收買者，但也拒絕寫違心的批判文章。

余秋雨說：「事實已經打破了人們的習慣認識，盜版者不再是一些卑微的文化小偷，而是財大氣粗、人員眾多、八方呼應的文化層次很高的系統化操作集團。他們以金錢爲杠桿，對部分傳媒產生相當大的滲透力和誘惑力。」

一九九九年三月九日的中國圖書商報《書評周刊》在「忠告」欄裡，有這樣一篇沒有（不敢？）署名的文章，似乎在揭露一本《秋雨雅聲》的非法出版物。報紙上登了《秋雨雅聲》的書影，並註明：「《秋雨雅聲》余秋雨著／北方文藝出版社一九九九年二月第一版／十九．八元」。文章是這樣寫的：

董橋先生不是說過「文字是肉做的」嗎，不論這肉是鮮是臭，大凡是肉，總會見著蒼蠅蜂擁而至。而這蒼蠅確實是兩條腿的——盜版者。

眼前這本由唐文責編、黃水裝幀設計的《散文大師精品系列．秋雨雅聲》已查實是在盜用北方文藝出版社的名義。根據書本身的細節也可判定它為盜版，且看書中老余在：第一〇二頁「在研究魯迅和周樹人」、第一〇七頁「把整個中國歷史推入死胡同」、第一二五頁陳寅恪先生題寫的《王觀堂先生挽詞並序》的末一句竟變為「無以求一已（應為己）之心安而義盡出（應為也）」。這難道如書封上所介紹的是在海內外出版多部史論專著的余秋雨散文家所作的嗎？還有第二三一頁「什麼叫中流抵柱？」難道老余也是位白字先生？以上幾例足以聞到這塊被眾蒼蠅盯來盯去的老肉中泛出的味道。我們知道眼下「余迷」是大有人在的，這裡我們更要斥責盜版者：你們對得起老余和那些眼巴巴非讀老余不可的信徒嗎？

假如這位不敢署名的作者有膽識，那麼他如此爲盜版者幫腔，把受盜版之徒重重圍剿的一位學者和作家稱爲「老肉」，不由得讓人懷疑，究竟拿了盜版者多少錢？

余秋雨發表反盜版宣言

面對惡意批評者和盜版者的肆無忌憚，余秋雨忍無可忍，於一九九八年十二月十七日率先發表〈余秋雨教授敬告全國讀者〉全文如下：

親愛的讀者：

我為了對付大量盜版本而不得不出版正本《山居筆記》大陸版，已有兩個月。這個正本在一個月內就銷售了二十萬冊，有很多讀者是買過了盜版本再買正本的，實在要由衷地感謝大家了。大家已經看到，正本前我寫了一篇聲討盜版的長序，本希望對這個越演越烈的勢頭有所遏止，沒有想到，這個正本在出版後的幾天內又出現了三種盜版本，其中有兩種由照相版精印，幾可亂真，我的反盜版宣言也赫然印在這些盜版本的卷首，真是令人啼笑皆非。我在西安全國書市簽名時已發現這幾種盜版本。便立即以正本換下，交給站在背後的新華書店負責人去處理。但是，離開西安後我走了近十座城市，發現幾乎所有的書市中的《山居筆記》都以盜版本為主，很少見到正本。更讓我痛心的是，最近已有不少大型的正規書店也在公開銷售盜版本，這是過去所沒有的。

也在這兩個月，全國各地書市間又一批接一批地出現了署我名字的《霜天話語》、《余秋雨台灣演講》、《秋雨全集》、《秋雨文集》等等，全是偽本和盜版。這幾本書，除了《演講》的書名曾在台灣出現過之外，其他幾本都是無中生有的荒唐版本。

版本雖然荒唐，但在編輯上卻有相當的專業水平。盜版者不僅熟悉我發表在各個角落的文章，領會我對封面和版式的大致要求，而且還找到了我的朋友白燁先生發表過的評論文章，充當盜版本序言，由於白燁先生既是著名的文學評論家，又是一家重要的國家出版社的負責人，極容易給讀者造成錯覺。顯而易見，這些盜版本的操作者已不是初期的低層書商，而是文化出版圈內的一群內行了。

請看，僅僅圍繞著我這麼一個人，一下子推出了六、七種新的盜版本，同時《文化苦旅》、《秋雨散文》兩本舊著的盜版本又緊緊跟上，一時間我的著作的盜版本在全國書籍市場上湧現出近十種，每種印數都達幾十萬冊，居然產生巨大的規模效應，無論如何，這是一個令人髮指的刑事大案。

但是，如此囂張的盜版狂潮，為什麼沒有在傳媒上受到應有的揭露和指責？這也與盜版集團的整體設計有關。近幾年來，我已有一個經驗，凡有一個新的盜版本出籠，報刊間一定有幾篇用極誇張的口氣批判我的文章相配合；反過來也一樣，一見特別怪異的批判文章，立即就能在書市發現新的盜版本。這已經被反覆驗證了十幾次，屢試不爽。這次一下子冒出來那麼多盜版本，正如所料，又掀起了一個批判潮。同樣的文筆和口氣，同樣的炫耀和訓斥，同樣的挖苦和忌恨，而且同樣，又不斷地更換著一個個化名。這樣做的行為模式不難解讀：一個人在大街上遇到搶劫，正要奮力追抓盜賊，突然橫向裡衝出來兩個蒙面人，攔住被盜者說有重要的歷史問題需要盤問。蒙面人辯解說，他們這樣做是為了中國文化的「純淨」。但誰都看到了，他們此時此刻站立的，正是文化盜賊的作案現場，搶劫者們正在他們身邊穿行。他們居然拉著被洗劫一空的主人大談散文的寫作方法和千年前史料的引證技術，更奇怪的是，談這樣的問題居然裝扮出怒火萬丈的樣子！

他們的小聰明是專門找一些冷僻的史料「差錯」來糾纏，因為誰都能夠判斷，今天沒有哪位讀者會花費大量時間去查證究竟是否真有「差錯」，於是這樣的「差錯」每天都可以編造一大堆，一切都反著說，能轉移人們的視線就成。

他們的最大失誤是看錯了人。他們年輕，憑想像以為我是一個膽小怕事、訥訥難辯的前輩書生，一聽別人說有寫作方法和史料上的「差錯」就會羞愧難當、遮臉逃遁；他們有時又把我當作是某種神經脆弱、一觸即跳的稚嫩新秀，看到擲過來的石塊立即反擊，在文壇上扭打成一場混戰。其實呢，我們這代人什麼沒經歷過？即便集中了天下一切羞辱的語句也羞辱不了我們。我們哪怕被說成是完全不會寫作、沒有半點學問也不會在意，反而會對裝腔作勢、滿口典故的假斯文遺少們哈哈大笑，這一點我已在《山居筆記》中的〈偽貴族心態〉一文中作過描述。你說我拒絕你們的批評，這好像很沒有風度，但我要坦誠地宣布：當然不能接受，因為如果接受了，我就再也搞不成任何像樣的學術，寫不成任何能讀的文章，那如何對得起廣大讀者！

我們是不容易受到干擾的一群。不管耳邊多麼喧囂，也改變不了心中的基本判斷。其中一個基本判斷就是：在世紀之交，中國文化如果不驅逐文化盜賊和文化殺手，將從根本上失去原創力，在二十一世紀國際間諸種文化的對峙、對話中將處於弱勢。現在，文化盜賊和文化殺手們已經有比較大的活動空間，他們打著各種名號，利用多方網絡，對一個個作家、一本本著作連著開刀，輪番劫持，而我們的當代文化資源本來就不豐富，因此要不了幾個回合，處處便是大漠荒蕪、夕陽殘湮。

這不是危言聳聽，請看周圍，書市上盜版書鋪天蓋地，報刊間刀筆吏越來越多，名譽權官司層出不窮，而真正具有原創力的作品究竟有幾部在破土而出？出了稍稍像樣一點的，吸引了公眾的興趣，文化盜賊和文化殺手便一哄而上，邊奪取邊摧殘，既謀財又害命，既綁票又撕票。公眾不知發生了什麼事，只知道可選擇的作品越來越少。

我對中國文化命運的擔憂，讀者們是了解的，因此急急寫下這封信，進行呼籲。我認為現在稱得上是一個關鍵時刻，先不說其他，光說盜版，如果任其橫行，正常的文化流通機制將快速瓦解，更先進的體制在尚未建立之時就傳染了病毒，中國文化的生態質量將會大幅度下降。盜版作為一種反文明的行為想要存在下去，必然會力圖營造一個社會性的配合機制和輿論機制，因此在可以想像的將來，文化圖書領域的無序操作、荒唐評判會越演越烈。這種狀況因有經濟暴利的暗暗支持會顯得相當強大，四處買通、一呼百應，我們會面對中國文化的一個真正嚴峻的時刻。

現在能做的，首先應該在全社會建立反盜版的共識，齊心協力打擊以牟利為目的的文化盜賊和文化殺手，識破他們的種種圈套，為中華文化留下一份真正的寧靜，一點真正的原創力，留下不欺不妄的一脈。

順便告訴一聲，不久前報導過的將由作家出版社出版我的新作《霜天話語》，盜版集團一見這個報導就立即用這個書名胡編了一本我的文集出版。現在我與作家出版社商定，廢除這個書名，新作《霜×××》將在明年年初出版。

此致

敬禮！

余秋雨

一九九八年十二月六日

羊城晚報在編者按中說：

一方面備受盜版困擾，一方面時常遺受各種言論攻擊，學者余秋雨近幾年來可謂「內憂外患」，苦不堪言。最近他寫了一封致全國讀者的公開信，我們在此未作任何修飾或刪改，原文刊發。文章措詞之激烈，對一向平和儒雅的余秋雨來說，是極為少見的。

對於余秋雨來說，寫下這封洋洋數千言的「敬告讀者」，箇中滋味，當是如魚入水，冷暖自知；余秋雨所要傳達的意念、所針對的人事，讀者自己去品味好了。

我們相信，這封信會引起文化界不少人的共鳴。

來自布老虎的辯護

該文發表後，果然引起強烈反響，各地報刊紛紛轉載。作家劉心武、宗璞、張抗抗、方方等都表示聲援。劉心武、宗璞表示，余秋雨非常寧靜的心態被破壞，他們感到非常難過。安波舜也在一九九八年十二月三十日的中華讀書報發表了〈誰維護公眾的閱讀利益〉一文，與余秋雨遙相呼應：

初讀余秋雨是在《收穫》。後來結集的《文化苦旅》也沒意識到會暢銷。一九九四年春天我約布老虎叢書（散文卷）《文明的碎片》時，也只是看重余先生散文在表達歷史和文化時的那種抒情意義，即學術理性的認知功能向審美功能轉化時，那種令人耳目一新的優雅文筆。相信任何一個有眼光的出版人都會從這種直感中獲取出版信心，開掘選題資源。但是後來，余秋雨的書越來越暢銷，暢銷到我們為付給先生的微薄稿酬而感到歉疚，暢銷到盜版者蜂擁而起，而評論文章也開始從批評的驚喜到不乏善意的揶揄。到了《秋雨散文》的出版暢銷，批評似乎像一道不約而至的晚餐，許多陌生的批評家持了刀叉專注於這一道菜，從不同專業、不同方向、不同的解構角度進行了撕扯。即便如此，我所認識或者看到的成熟的文學批評家，都非常冷靜。冷靜的潛台詞是，作家藝術家火了大抵都有此遭遇，譬如王朔，譬如第一個用氣聲唱歌的李谷一。等到出了一批追隨王朔的「王朔們」，追隨或者超過李谷一的「李谷一們」、「李谷二們」，人們也就見怪不怪。可惜，文壇沒有出第二個余秋雨，而余秋雨又出了一本《山居筆記》，這就使那道批評晚餐沒完沒了地又在幾家專業報紙上，平添出幾道茶點。

坦率地講，無論對余秋雨的批評持續多久，力度多大，作為一個有理性的知識分子，我都不會驚訝、義憤，甚至有些許不滿。一個作家一本書被批上百年，我認為那是那本書那個作家的榮幸。我之所以耐不住願意為余秋雨先生辯護幾句，願意與那些陌生的批評文章進行對話交流，實在是因為快要跨進二十一世紀的門檻了，作為批評的角色、立場、權力、責任以及由此而遵循的最起碼的批評倫理原則，凡此種種本該清晰的常識性的東西，卻讓我在批評余秋雨先生的文章裡，感到莫名其妙的茫然：誰代表或維護公眾的閱讀利益？

誰維護公眾的閱讀利益，該不該尊重公眾的閱讀選擇？二十年前這是個複雜的問題，而改革開放的今天，我認為這絕對是一個文明社會公民最起碼的常識。最簡單的推論是，一個村的農民過半數選出的村長，就能得到政府和社會的認可和尊重。那麼，幾十萬、上百萬的公眾選擇了一個作家，前提是那個作家的書起碼不是本壞書，是一本愉悅人、教化人，也可以說是鼓舞人的好書，這種存在作為一種事實，起碼反映了大多數讀者公眾的選擇和意志。余秋雨的散文既不是文件又不是攤派，正是讀者的選擇自由和閱讀自由，使余秋雨成為暢銷書作家，而不是余秋雨的意志左右了大家。這既是讀者公眾成熟的表現，也是社會進步和藝術繁榮的標誌。事實上，我們的社會已經透過精神和物質的多種方式，給價值雙方——作家和讀者雙重的承認和尊重。讀者掏錢不僅滿足了精神和情感的需要，同時，也向作家投去敬慕的一瞥。作家余秋雨雖說是被盜版攪和得稿費虧點，但得到精神和名譽上的充實。而我們的某些批評執意要否定一把，拋開作家余秋雨不說，面對公眾的閱讀選擇，面對多數人的自由選擇的意志，批評扮演的是一種什麼角色呢？

……

當余秋雨先生從他的學術研究中，放棄了令平民望而生畏的學術表達，轉而用一種散文的形式，利用他的知識積累在單一純粹的抒情主題和文化主題上，傾注審美激情，從而滿足大眾的文化和歷史的知情權，使之暢銷，在作者和讀者之間建立一種廣泛的、溝通極為通暢的、文化和知識乃至正義和真理的能量傳達，這不正是作家神聖的責任和義務嗎？假如我們的批評對此都毫無感覺，視而不見，以「硬傷」、「違反學理」、「情緒化生物」乃至莫名其妙的好像是外科醫生摸腿骨來判斷作家和作品，那批評的資格在哪裡？

……請原諒我用常識來為余秋雨先生的散文或者余秋雨散文現象辯護。常識在某種意義上，是公理、是法則、是規範其他行為的道理和倫理的基礎。為了常識，我們常常需要互勉。

《霜冷長河》橫空出世

然而，由作家出版社出版的這本先以「余秋雨散文新作」的名義的不透露書名的書在一九九九年一月初的全國圖書訂貨會取得極大成功，共有十五萬冊，居訂貨會文藝類圖書之首，可謂「冠軍無名」。

接著，作家出版社在出版此書的操作過程中的一系列類似地下工作，其戰戰兢兢，「鬼鬼祟祟」；與不法書商的公然盜版，猖狂叫囂，形成強烈的反差。

一九九九年一月二十三日，余秋雨帶著這部書稿，從合肥登上去北京飛機。當天中午，作家出版社副社長白冰和該書責任編輯王淑麗去機場接到了余秋雨，整個交稿過程有點像販毒團伙的交易接頭。白冰身爲副社長，但他主動要求不知道此書的書名。然後，當天下午，余秋雨在皇冠假日飯店睡了一覺，當晚十時，余秋雨和我進行了長談，至次日凌晨二時告別，余秋雨說，他還要寫一篇後記。

總的來說，作家出版社在後期運作中，無論對內對外，作家社都保持高度的保密態勢。書稿不郵寄，不發傳眞，由作者本人親自護送；該書不與該社其他書稿聯網照排，專設兩台電腦照排此書，在照排過程中還使用了〈關於善良〉的假名；封面自行設計，並採用了技術含量極高的防僞措施：封面的霜天景象的壓銀與低調的四色，使盜版者不易翻印。內襯頁對光一照，若是正版就會發現類似人民幣的水印的圖案。封底印上《中華人民共和國刑法》第二一七條，二一八條的有關侵犯知識產權罪的內容，並且印有新聞出版署、北京市新聞出版局、作家出版社的三級舉報電話，顯示了其堅決打擊盜版的決心。在市場營銷方面，作家社在全國範圍內統一發貨，由遠及近，統一運輸。在運輸途中，打包仍不寫書名，只寫發往地址。首批二十三萬冊圖書，經過精心測算，定於三月二十三日在全國統一上市。而該書的銷售方式是「見款提書」。

三月十九日，王淑麗將有關材料傳眞給我時，我才明白，此書名爲《霜冷長河》——至此，余秋雨已將此書三易其名。從「霜天話語」到「霜落長河」到「霜冷長河」，顯示了余秋雨與盜版團伙周旋到底的決心和由輕鬆到沉重的心情。王淑麗千叮嚀萬囑謝，消息一定要在三日以後等書上市了再發，「否則把你罵死」。

儘管如此，余秋雨說，最多只能維持前十天的無盜版市場。

出版家談余秋雨

我先後採訪了多位出版余秋雨散文的出版界人士，從中多多少少會看出其散文的出版過程。按照圖書出版前後，依次爲王國偉（上海東方出版中心副總編輯、《文化苦旅》責任編輯）、安波舜（春風文藝出版社布老虎叢書總策劃、《文明的碎片》責任編輯）、蔣煥孫（浙江文藝出版社社長、《秋雨散文》責任編輯之一）、戎思平（上海文匯出版社副總編輯、《山居筆記》責任編輯）、王淑麗（作家出版社《霜冷長河》責任編輯）等。現整理如下：

問：能談談各自所編輯的書的出版過程嗎？

王國偉：當時，《文化苦旅》有一部分內容在《收穫》發表，我看了很喜歡。在八〇年代初，他出版了《戲劇理論史稿》，我覺得非常好讀。八十六多萬字的書，可以讓人家一口氣讀完。這肯定有非常特殊的地方。過了一段時間；我問有沒有出版散文集，他說不想出了。後來才知道這書已被改得面目全非。他把書稿給了我，因被原先的出版社改得面目全非、凌亂不堪了，感覺非常不好。我找了出版社一位退休編輯重新抄寫，覺得量不夠，又讓他重新補寫了〈風雨天一閣〉、〈這裡眞安靜〉、〈家住龍華〉等篇目。當時覺得這是一本好書，而不是一本暢銷書。一九九一年第一次增訂，訂數只有一千四百冊。但我們堅持開印一萬冊，八千冊精裝，二千冊平裝，當時組織了三十多篇文章從各方面介紹這本書。沒想到推向市場後，一個月就賣完了。

安波舜：出版《文明的碎片》一書時，《文化苦旅》的勢頭有一點，但並不明顯。我個人覺得，他的散文很不錯，他與傳統的知識分子不一樣，他走出文壇小圈子，把文明用很通俗的形式，讓公眾來接受。這一點讓我非常崇敬。因爲我們這個民族太需要文化的普及了。《文明的碎片》出版後，發行得很不錯。但因爲主要內容來自《文化苦旅》和正在《收穫》連載的《山居筆記》。有讀者對余秋雨說買重複了，特別是《秋雨散文》出版後，他的散文基本在《文化苦旅》和《秋雨散文》中收齊，余秋雨與我們商量決定停止續印這本書。我對此非常敬佩，因爲當代許多作家的選集重複來重複去，但沒有一個主動要求停印過，於是我們同意了他的要求。

蔣煥孫：當時出版《秋雨散文》並不慕其名（也許是我孤陋寡聞）。在文學圈內享有盛名的李小林，是我敬重的編輯老師和朋友，向我推薦了余秋雨在《收穫》上刊載的《山居筆記》，我看了後覺得耳目一新，作者關注的深厚積淀的中國歷史文化，一改常見散文以瑣事小事矯情的平庸模式。於是了解認識到《文化苦旅》，爾後結識作者，簽約出版《秋雨散文》。當時談得很融洽，故作者在《秋雨散文》後記中以虔誠的口吻稱「特別看重浙江這個屬於交作業、存私房的選本」，正因爲如此，我們在編輯《秋雨散文》時堅持刪去六篇應景之作，也因爲我們同樣特別看重這個選本，我們請最好的美編設計幾種封面方案請余秋雨先生自選，我們還破例用四號字排內文，當時引起了一些老出版的非難，因爲四號宋體原先只用於領袖文集。然而我們當時以出版文學大師巴金老人在國內首次出版《家書》爲大旗，也就無人較眞了。在我們認眞進行編排時，余秋雨先生兩次來電與我商量布老虎叢書擬出版《文明的碎片》一書，我當時提出重複的篇幅不應超過百分之三十，余先生似乎明顯覺得爲難，因爲他既要重約守信，又要兼顧友情，我似乎是同樣心態，於是最終同意了。所以儘管浙江文藝社與余秋雨先生簽約在先，到稿在先，春風「布老虎」還是以眞正的市場速度將《文明的碎片》出版在先。

戎思平：《山居筆記》原先在台灣發表，後來在內地發現了大量盜版本，於是決定由我社出一個正本。爲了與台灣版有所不同，增加了兩個內容，自序〈可憐的正本〉和第三輯〈依稀心境〉，出版後，影響很好。

王淑麗：我們曾作過市場調查，其中余秋雨的散文很暢銷，但我與余秋雨素不相識。一九九八年四月我到上海出差，抱著試試看的心理，藉由朋友的幫忙，給余秋雨打了呼機：「我是作家出版社的編輯，如果方便的話，請你與我聯繫。」沒想到他很快就回復了，他說，他也一直在關注作家出版社，決定把最新的一部作品交給你們。後來的合作非常愉快。

問：你們各自所出版的書至今發行了多少，估計盜版又有多少？出版社先後作了哪些反盜版措施？

王國偉：《文化苦旅》至今印了四十萬冊，盜版的遠遠超過正版的。整整盜版了八年，而且還一直盜下去。

安波舜：《文明的碎片》發行了十六萬冊後停印，但盜版本還是不斷。當時對布老虎進行商標註冊，以爲會起抑制盜版作用，其實不然。看看現在盜版本泛濫，覺得當時的停印之舉太天眞、太老實了。

蔣煥孫：《秋雨散文》一九九四年十月出版，轟動了當年全國書市，十二月即重印。至今發行了二十六萬冊。第二版後開始出現盜版本，出版社曾派專人去湖南、河南、河北、陝西等地打假，然而治標不治本，盜版本至今仍在出，估計不下五十萬冊。

但是我們也不要忽視一個事實，即我們國家法制是不健全的，法律意識還相當淡薄。《著作權法》公布至今有多少出版社、作者在認真執行，作家作品的重複授權比比皆是。某個作家走紅，出版社紛紛去約稿、挖稿，不惜代價，不顧原則，不遵守《著作權法》，出版界自身的無序和混亂，給盜版者有了可趁之機，結果成了「正版的悲哀」，問題在於究竟誰是眞正擁有專有出版權的正版。

戎思平：《山居筆記》至今發行了二十五萬冊，盜版本有十多種，數量很難統計，估計是正版的兩三倍。除了上海之外，全國各地都出版盜版本。因爲上海公安局文保總隊保證上海不出現盜版本。在外地也抓到了幾起，但處理難。在江蘇某市新華書店，書架上公然擺著盜版本，我們去查時，有關人說，大家都得吃口飯，今天我們請你們吃飯吧！反盜版方面，在上海，一出現就抓，並且發表聲明。在圖書內芯書脊印有文匯標記。這不是防僞標記，只能當暗號用。全國都沒有眞正有效的圖書防僞標記。

王淑麗：《霜冷長河》至今已經發行了三十一萬冊。基本上做到二十天無盜版市場。應該說已取得小小成功。也抓獲幾個，正在繼續追查。

問：與余秋雨交往，給你最深的印象是什麼？

王國偉：作爲一個學者，最大的特點是能夠審時度勢，非常明確什麼時候該說什麼該做什麼，什麼時候寫書讀書。他比較有現代感，不像有的學者躲在書房裡，包括他對媒體的不拒絕。

安波舜：很少有像他那樣的知識分子，把目光投向大眾，對大眾和社會生活的關注，這種熱心腸，很多人沒有。一些知識分子老是批評別人，從來沒有建設什麼。

蔣煥孫：善於思索、視野開闊，他喜歡闡述自己的觀點，但不尖刻評述他人。

戎思平：他看問題比較敏銳、深刻，很健談，沒有大學者的架子。

問：有一種說法，余秋雨已經江郎才盡了，你對此怎麼看？

王國偉：《文化苦旅》、《山居筆記》之後，要在內容和形式都進行突破很難，他的求變，並不一定會使更多的人滿意。

蔣煥孫：最近新作《鞦韆架》，顯示出作者的才華。不能苛求一個作家每篇作品出新意。我有種預感，他又將會在某個人們沒想到的習慣套路上突破。

安波舜：沒有才盡，只是去體驗新的生活，素材、時間和精力都不夠了。

王淑麗：他每寫一部作品，都是一種新的探索，有人認爲余先生是在拼湊，賣弄文字，我不同意這種看法。

問：首屆魯迅文學獎散文單項獎與余秋雨無緣，你對此怎麼看？

王國偉：毫不奇怪。因爲評委也是人。不獲獎同樣可以活得好好的。目前活得比較好的作家，大多沒有獲獎。余秋雨又有其特殊性，突然闖入文壇，評委各人有各人的心態。但有一點是無法改變的，即余秋雨每一本書都是讀者自願掏錢買的，不是靠下什麼文件的。

安波舜：我聽朋友說，有一個評委，乾脆說一些作品之外的話，主要是電視學術明星之類，也有評委說，這與作品有什麼關係。反正魯迅文學獎評得非常不公平。

蔣煥孫：對於評獎，作家本身是無法說三道四的，何況事過境遷。

戎思平：實際上是魯迅文學獎的恥辱。評獎過程中儘管有各種花樣和傾向，但無論如何，沒有余秋雨是個恥辱。要評散文，中國當代散文寫得最好的當然是余秋雨。

問：如何看待對余秋雨的一些惡意批評？

王國偉：可以根本不予理睬，而且讀者會越來越理智。

安波舜：總有一些非文學因素，大家見怪不怪。

蔣煥孫：對於小說家從未有過如此多的批評，其中在文化背景方面有什麼原因，也許有人會去精心研究。但是作者也無需作過多的辯白。我們在出版《秋雨散文》後，即有傳言批評作者在「文革」中的表現。我的態度很明朗，一，作者當時任上海戲劇學院院長；二，作品有較好的思想性、藝術性，任何非組織結論性的東西一律不予理會。

戎思平：文藝批評是正常的，但有一些批評味道不太對，諷刺、挖苦、人身攻擊，但這樣並不會損害余秋雨的形象，同時也不會給批評者增添光彩。

王淑麗：許多非純粹的批評家不過利益驅動而已。

問：請問余秋雨的書暢銷的原因是什麼？

王國偉：他把散文寫得既好讀又耐讀。余秋雨非常機智和聰慧。他把散文放到歷史大背景下去思考，捕捉歷史重要事件、人物、對現代人造成共鳴的東西，然後把這些與自我感受相結合。他還比較善於構建故事。每一篇散文都有一個故事。中國人的閱讀習慣，希望找到一個可以依賴的脈絡。個性化的語言和恰到好處的抒情。

安波舜：主要原因爲讀者對高級文化的渴望，余秋雨的散文書寫了崇高，圓了大眾一個夢。

蔣煥孫：有的文藝批評說，秋雨的散文缺少生命力的張揚和狂放。我的看法卻不同。我認爲，秋雨正是借助歷史大背景抒發內心的狂放和張揚，這才得以打動讀者，從《秋雨散文》出版後，我社至今還收到不少讀者來信，大多是希望我們幫助聯繫作者等，如此打動人心僅僅是歷史典故加華麗詞章是不夠的。從讀者層次看，最早來信的是教師、大學生、工程師，爾後是處於內地的大型企業、部隊的幹部、技術員、職工，近兩年又集中在中學生。這就是秋雨散文的魅力。

戎思平：余秋雨贏得了廣大讀者特別是青年知識分子的青睞，這也傾注了他的心血。如他一年講學，與廣大師生座談，不下上百次。

王淑麗：他的作品貼近大眾，爲人實實在在。

鬧劇與剽客

余杰《余秋雨，你為何不懺悔》表演一齣批判余秋雨鬧劇。余杰前倨：余秋雨，你這個「文革餘孽」；余杰後恭：余先生，我佩服你的胸襟。余秋雨回答：余杰，你不懂「文革」。

「二余」之爭

在二〇〇〇年一月出版的余杰《想飛的翅膀》一書，有〈余秋雨，你為何不懺悔〉一文，就是這篇文章引起了「二余之爭」。

余杰在文章中指責余秋雨是「文革餘孽」，只拷問歷史不拷問自己，是才子加流氓。並發出質問：余秋雨你為何不懺悔？余杰指責余秋雨的證據是，效力「石一歌」，寫〈胡適傳〉等一些不該寫的文章。這篇文章引起了轟動。〈余秋雨，你為何不懺悔〉在《十作家批判書》、《余秋雨現象批判》、《秋風秋雨愁煞人》等「批余」著作中獨樹一幟，引人注目。余杰也非常得意。

然而事情很快有了轉機。經過《中國新聞周刊》的特約撰稿人楊瑞春牽線搭橋，二〇〇〇年一月二十二日晚上八時十五分，余秋雨和余杰在成都魏明倫住所見面。據報導，「大余」、「小余」經過寒暄之後一度陷入有點尷尬的氣氛，但還是慢慢切入正題，進行了長達三個小時的對話。楊瑞春則對兩人的對話進行了全程跟蹤採訪。

余秋雨說，從文章來看，余杰是不懂「文革」的，特別是對那時文章的署名、創作狀態都有誤解，論據上余杰的指責站不住腳，而文章的邏輯鏈條更是存在向題。

儘管余秋雨有些生氣，但他說自己以前讀過余杰的文章，認爲「這是一個有理性的人」，所以願意與其討論問題。余秋雨特撰文〈答余杰先生〉，用坦誠、平和的語氣回了余杰一封信。余秋雨在〈答余杰先生〉稱：「余杰先生：細讀大作，您要我懺悔的其實就是兩點，一是『石一歌』，二是《胡適傳》，然後歸結到整體表現。」余秋雨說明：一、把「石一歌」說成是我，搞錯了；二、《胡適傳》爲何只有一個頭？三、提點異議；四、一個建議。信中對余杰文章中的一些問題作了回答，對一些謠傳作了澄清。

兩人見面的一團和氣讓人啼笑皆非，余杰對余秋雨「前倨後恭」的態度更是讓人感到不可思議。

兩人最初的討論自然與「文革」和余杰的文章有關。余秋雨用比較長的時間講了自己在「文革」中的基本經歷和「文革」最考驗人的幾個要害之處，特別指出「文革」大批判那種可怕的「無限上綱」的方式。

他說，懺悔是個人化的、而強迫別人懺悔可能會造成人人自危，卻背離了懺悔的初衷。特別是在事實不清的基礎上強迫他人懺悔，實際上是以反對「文革」的名義回到了「文革」。

余杰說，看過余秋雨的信後自己對余秋雨的認識發生了一定的變化，消除了一些誤解，並且作爲個人也佩服余秋雨的胸襟。但是對於文章涉及到的某些內容，他的態度還是有所保留。余杰認爲，余秋雨作爲九〇年代在中國文化界具有相當影響力的人物，如果能夠帶頭反思，將樹立一個良好的榜樣和典範，有助於改善中國文化生態現狀。

當問題從一些具體的事情中脫開，兩人的談話顯得更爲放鬆、愉快。關於懺悔意識在中國是否可行，兩人充分交換了意見。余杰講，他所說的懺悔不是針對個人，也不是讓個人完全承擔歷史責任，而是「從基督教的懺悔意識出發，爲中國營造一個民主自由的精神平台」。

在談及保護文明和走向社會的話題時，余杰和余秋雨則一拍即合。

余秋雨說，中國當務之急是實現文化轉型，所以需要更多的學者投身社會的現實文化中去，發展民間的文化良知。余杰非常贊同這一點，他說自己將從堅持乾嘉學統的北大走出來，走向社會，而且像余秋雨一樣，認爲應該和媒體保持比較密切的關係。他說，現代知識分子與古人不同，應該透過媒體把思想向民間傳播。法國思想家傅柯等人也是每個星期要在電視上露面，對政治、經濟、文化的一些重大事件進行評論。

談論到後來，現場氣氛已經比較活躍，但受時間所限，不可能對所有問題展開討論。最後，雙方都表示對對話的結果感到滿意，甚至希望如有可能，對於有關話題還可作進一步的探討。

楊瑞春在報導中說：「『干戈』未起就化爲『玉帛』，這件事情發生的變化極富戲劇性。特別是在當今文壇頻頻打筆墨官司的今天，因余秋雨的大氣、余杰的眞誠而成就的這次對話，可以說提供了解決此類問題的新範例。」

然而，讀者感到有一種受愚弄的感覺。余杰的長文究竟要把讀者引向何處？

對於「二余」論戰及和解一事，青年作家祝勇認爲，隨意批評之風不可長，祝勇並與余杰進行了論戰。

余杰和余秋雨之間的「論戰」僅進行了一個回合，雙方就偃旗息鼓，化干戈爲玉帛。這讓看熱鬧的外行人頗爲失望，卻讓內行人看出了一些門道。二月二十一日，北京晨報發表了青年作家祝勇接受記者張瑞玲採訪的文章。祝勇說，余杰先是對余秋雨進行猛烈批判，繼而以極快的速度與之和解，這本身就證明批評的隨意性。「和解」事件再次提醒我們，建立批評規則已是當務之急。否則，即使炒得多麼熱火朝天，也是一齣令人厭倦的鬧劇。

祝勇在約四千字的〈余秋雨，你用不著懺悔了〉一文中寫道：得知「二余」和解後，若重讀余杰的〈余秋雨，你爲何不懺悔〉，會有意想不到的效果，那就是幽默。除幽默外，閱讀余杰文章常有一種走鋼絲般的驚險效果，讓人不能不對他的思維邏輯和寫作能力操心。比如他宣布「知識分子的本質就是唱反調的牛虻」（翻譯成另一種說法，便是「凡是敵人擁護的我們都反對，凡是敵人反對的我們都擁護」），這種絕對化的思維邏輯，是否也是一種「一元話語」？是不是「階級鬥爭一抓就靈」的當代翻版？這種有違現代精神的、非此即彼的思想模式，不能不令人對他一向標榜的「自由獨立」精神產生懷疑。遠的不說，就說〈余秋雨，你為何不懺悔〉這篇文章，余杰說道：「余秋雨在拷問歷史和歷史上的人物時，的確顯示出『下筆力透紙背』的功夫。然而，正是這一面表現得太突出了，另一面就顯得失衡了——一九四九年以後的歷史在何方？作者自己在何方？我在余秋雨的散文中，很少讀到他對一九四九年以來的歷史的反思，很少感受他有直面自身心靈世界的時刻。兩個巨大的『空洞』導致了我對余秋雨散文的懷疑。」對於這種詰問和指責，祝勇認為：每個文人學士都有他的研究範圍。余杰給人以為批判而批判的感覺，這樣的批判隨意性太強，非但絲毫未曾觸到被批者痛處，反倒令人同情余秋雨的「冤枉」了。

祝勇接著寫道：余杰（曾經）指定余秋雨懺悔的所謂「文革」中的「精彩表演」，主要是余秋雨作為「石一歌」成員的情況。這本來可以讓一向以佈道者身分出現的余秋雨緊張一下的，只是余杰自己功力太差，一下子把嚴肅局面消解掉了。他借「石一歌」歷史來否定余秋雨後來的創作，難說沒有「血統論」、「出身論」的「不許革命」的影子。更可惜的是，標準的「文革」式語言的運用，如：「文革餘孽」、「才子加流氓」、「巧言令色的余秋雨先生」等，反而使他自己陷入尷尬。也不知他從哪裡學來了這一手，還真有點「石一歌」當年的威風。面對余杰的詰問和指責，余秋雨為何能用坦誠、平和的語氣給他回信？

祝勇認為：滿是火藥味、貌似嚇人的文章是最虛弱的，作為「過來人」的余秋雨當然諳熟這一點，再加上余杰的文章一貫像老和尚的百衲衣一樣到處是破綻，白給見多識廣的余秋雨送上門去、自然使余秋雨從一開始就佔有心理優勢。這種局面在近年的「余秋雨批判」中是不多見的，逢此良機，秋雨先生的胸襟有何理由不寬廣一次？對於有媒體稱「二余」的和解「提供了解決此類問題」的範例，祝勇則以戲謔的口氣寫道：如果論爭雙方都能如「二余」這樣花點「詩外工夫」，關起門來一對一地單練（最好別叫外人聽到），不僅有利於安定團結，而且對純潔文化批評環境大有好處，那些虛張聲勢的人就不必拿文章這「千古事」開涮，我也就犯不著瞎子點燈白費蠟地讀那篇洋洋灑灑的〈余秋雨，你爲何不懺悔〉了——至於懺悔不懺悔的，你們自己商量著辦吧！

三月一日，余杰在《北京青年報》解釋說，所謂「和解」之說「源自一些媒體的曲解和不無偏頗的報導」，他承認和余秋雨「在排除『人與人之間利益紛爭』這種成分上達成共識」，但「我們觀點的尖銳對立沒有一點改變」。針對這一點，祝勇又撰文說：

> 余杰推翻了「和解」一說，仿佛我那篇批評文章，就可以不攻自破了。然而，我那篇文章的真實用意，並非關注什麼花邊新聞，而是批評他一貫的話語方式。與他斬釘截鐵、以大帽子壓人的文風形成反差的是，他的論述隨意性很強，經不起推敲。這種不健康的文風目前大有蔓延之勢，包括前不久的《十作家批判書》，以及王朔最近的驚人之語，皆屬此

列。這樣下去，思想爭鳴和文化批評沒有標準和規則可言，十分不利於形成一個良性互動的話語環境。所以，我對余杰的批評並非與余杰個人過不去，而是希望藉此強調批評規則的重要。我從來都是對自己的文字負責的，絕不會朝辭夕改，所以，我認為我對余杰的批評至今仍然有效。

余杰掛著李敖、王小波的招牌隆重面世，暴露了書商的無知，對余杰本人，則是一種奇妙的反諷。李敖、王小波是鬥士，但首先是學者，有著嚴謹的治學態度。他們犀利的雜文，是建立在其深厚的學養、理性的思辨和現實的疼痛感上面，並無嘩眾取寵的意圖。特別是與余杰處於同一語境下的王小波，採取的是平民話語而非精英話語，也就是說，他尊重個人自由。他可以提供意見，但沒有那種高高在上、指手畫腳的霸氣，而余杰則恰恰相反。

我寫〈余秋雨，你用不著懺悔了〉，意在以調侃的筆法，將余杰的一臉莊嚴消解掉。我並無意作余秋雨的義務辯護人。我並不反對知識分子進行靈魂懺悔，特別是經歷過「文革」的知識分子。但這種懺悔應該是全民性的。除了懺悔個人的具體行為，更要深挖造成精神迷途的深層根源。

我和余杰的根本分歧在於對知識分子的界定不同。在余杰那裡，知識分子仍然扮演著一種萬能的角色，可以包打天下。他蔑視專業範圍內的知識分子，他對他們的譴責，用句大家都熟悉的話來表達，就是「只低頭拉車，不抬頭看路」。也就是說，知識分子在他那裡具有一種原罪，應當按照他的設計去進行思想改造。

余秋雨正面回答有關「文革」的提問

《中國新聞周刊》特約撰稿人楊瑞春日前對余秋雨進行了專訪，主要針對余秋雨在「文革」中的表現。

楊：「千禧之旅」期間，出來了很多批評你的文章。最近的批評，大多是關於你的「文革」經歷的。最近余杰寫了一篇文章叫〈余秋雨，你爲何不懺悔〉，質問你爲什麼對「文革」的歷史避而不談？

余：是嗎？具體的文章我還沒看到。關於「文革」，他們說的那些材料是僞造的。他們始終抓住一個叫「石一歌」的事情，說我是其中一個。我倒想請問一下，「石一歌」的哪一篇文章出自余秋雨的手筆，請拿出證據。「石一歌」小組的那些人也都在上海，可以去問一問他們。這裡面有些基本的疑問很多人不去想：首先，「文革」過後「石一歌」小組是經過清查的，清查的時候有余秋雨出場過嗎？

第二，「文革」清查在中國歷經了整整三年，可以說每個字都曾經查過。清查結束後，我又沒有什麼背景，居然作了正廳級的上海戲劇學院院長，這難道合乎政治常識嗎？

第三，我做這個院長，是全學院三次民意測驗第一名的結果。我不是從外地調到上海的，「文革」中一直在學校。如果我做了什麼，全校那麼多雙眼睛能看不到嗎？當時我是中國最年輕的院長，為什麼做了那麼長時間的院長卻沒人舉報我？

楊：那篇文章說，有人告訴作者，你是「石一歌」裡面最年輕的寫手。

余：就憑這一點，可以證明那個人完全不知道「石一歌」是什麼。因為我在復旦大學參加編寫魯迅教材期間，第一次看到署名「石一歌」的就是一本寫給小學生看的著作——《魯迅的故事》，作者是一批工農兵學員。如果硬把我塞在裡邊，年齡不僅不是最年輕，而且是最老的。僅此一段，證明此人的話不能相信。

現在「石一歌」的等級被鬧得越來越高，這很可笑。你現在把「石一歌」和「梁效」放在一個等級，很多人都搞不清，但在那個時候連在一起就很可笑了。

「石一歌」那時候連外圍的外圍都談不上。至於他們在一些學報上找到的文章，當時的署名、寫作、文章來源的狀態跟今天想的是完全不同的。

楊：那署名余秋雨名字的〈胡適傳〉是你寫的吧？

余：我眞希望他們能打電話問問我，什麼是〈胡適傳〉？是從哪兒來的，爲什麼署了我的名字？爲什麼只發了一個開頭不發了？

現在看來，我們解放以後對胡適先生的評價是非常不公正的，但這只是我個人的觀點。學術界好像還有大量對他持否定態度的意見。我們當時所謂編教材、寫胡適生平，居然連他的任何一本書都沒有讀過。完全不存在研究和寫生平的起碼條件。現在想來是荒唐可笑的。但是我至今認爲，對胡適這樣的歷史人物的評價應該在正常的條件下多元並存，他的有一些經歷即使在我後來讀了他的書、對他產生高度尊敬之後也還是抱非議態度的。他後來實在太政治化了，影響了自己的學術文化成果。

知情人披露真相

一位不願透露姓名的知情人，在網上披露余秋雨在「文革」中表現的眞相。這位知情人說：「我曾經參加過當年上海市委寫作組的清查，對余秋雨的情況比較了解，可以說是個知情人。我覺得余杰的文章有一個致命傷，就是根本不了解情況，只根據道聽途說或自己的推理想像，文章立論的依據是捏造的，站不住腳。這就犯了做學問、寫文章之大忌，也違反了做人的起碼道德。對一個人、一件事，可以有不同看法，但必須尊重事實。」這位知情人說：

一、關於「石一歌」與余秋雨。

為了證明余秋雨是「文革餘孽」，余杰抓住余秋雨曾是「石一歌」成員這件事不放，把「石一歌」的性質及余秋雨當年的地位，按照自己的想像和需要編造了一通。

余杰說：「當年，余秋雨所效力的《學習與批判》雜誌，由張春橋、姚文元所控制的『上海寫作組』直接管理。這個寫作組威震南方，與北京的『北京大學大批判組』和『清華大學大批判組』三足鼎立，一時間，呼風喚雨，指鹿為馬，無所不為。上海的御用寫作班子以『石一歌』為筆名發表大批判文章，所謂『石一歌』者，意思是十一個人。（當然，由於前前後後人事方面的變動，『石一歌』的人數並非嚴格意義上的十一個人。）這個筆名與北京的『梁效』有異曲同工之妙。（『梁效』者，『兩校』也，即北京大學和清華大學。）余秋雨少年文章，名動公卿，當然也引起了有關方面的注意。於是，兩個巴掌一拍即合，他成為『石一歌』中最年輕的、『立場堅定』、『有一定理論水平、鬥爭經驗、分析能力和寫作技巧的、有培養前途的革命青年。』」

事實又是如何？

「石一歌」並不是與北大、清華大批判寫作組「三足鼎立」的寫作班子，而屬於當時上海市委寫作組領導的魯迅研究小組。這個小組是在什麼情況下成立的呢？一九七一年周恩來總理陪同尼克森訪問上海時，傳達了毛主席的話，大意是魯迅最後的十年是光輝的十年，這十年是在上海度過的，上海應該有一個魯迅研究小組。根據這一講話精神，一九七二年初在復旦大學設立了魯迅研究小組，成員有十一個人，其中四人為復旦大學中文系「五七文科」的工農兵學員（一個來自東海艦隊，一個來自青浦農村，兩個來自紡織廠），另外七人來自大學和文化單位（這七人現在全部是教授或研究員，其中有幾個是博士生導師）。這個小組編注了《魯迅雜文選》、《魯迅小說選》、《魯迅詩歌散文選》，寫了以少年兒童為對象的《魯迅的故事》、《魯迅艱苦樸素的軼事》，還有《魯迅傳》，編纂了《魯迅年譜》（未出版）。這是主要工作，余秋雨多數參加了，另外也寫了一些文章。在當時的歷史條件下，政治思想路線是錯誤的，受「四人幫」控制，這是事實。但必須說明，「石一歌」不等於市委寫作組，而是其下屬的一個班子。當時，沒有市委宣傳部，市委寫作組事實上取代了宣傳部領導意識形態的功能，它領導的部門有很多。粉碎「四人幫」清查時按照黨的政策嚴格作了區分。市委寫作組的筆名歷史方面是「羅思鼎」，文藝方面是「丁學雷」、「方澤生」，只有這些才有資格與「梁效」並列。余秋雨在「石一歌」既不是最老的，也不是「最年輕的」，不是組長、副組長，只是普通一員。至於余杰文章中的引文說余秋雨是「立場堅定、有一定理論水平、鬥爭經驗、分析能力和寫作技巧的、有培養前途的革命青年」，更不知出自何處，當時沒有人這樣說過，只能是余杰捏造出來的。

二、余秋雨是「上海『文革』的一盞明燈」嗎？

為了強調余秋雨是「文革餘孽」，余杰說「從七〇年代初期起，余秋雨成為上海『文革』的一盞明燈。他的走紅並非始於九〇年代初的《文化苦旅》，早在七〇年代初他就是『理論界』的風雲人物。」聽起來實在嚇人，但只是危言聳聽。余秋雨有這麼高的地位嗎？

據我所知，余秋雨一九六八年自上海戲劇學院戲劇文學系畢業，正是「文革」混亂時期，畢業後即去浙江喬司農場勞動。一九七二年初魯迅研究小組成立時，他剛剛從農場回來不久，這時他還沒有發表過什麼文章，只是個還沒有工作經驗的大學畢業生。余杰說他從七〇年代初起就成為「上海『文革』的一盞明燈」，有什麼事實根據？是根據他的文章？根據他的言論？根據他的活動？一點事實都說不出來，作出這種論斷，只能視為無中生有，信口雌黃。

三、關於幾篇文章。

在痛斥余秋雨是「文革餘孽」時，余杰舉出了余秋雨的文章只有三篇，即「最著名的有〈走出「彼得堡」〉、〈讀一篇新發現的魯迅佚文〉、〈胡適傳〉等等。（這些文章均明確署名『余秋雨著』或『余秋雨等著』，……）」。據我查到的原始材料，只有後兩篇為余秋雨署名。〈走出「彼得堡」〉一文，在《朝霞》雜誌發表、《人民日報》轉載、以及收入同名書中（上海人民出版社一九七六年七月出版）時，均署名「任犢」，並沒有「余秋雨等著」，余杰又在編造事實了。據我所知，這篇文章並非余秋雨所寫，他只參加了文字的修改，清查時早就查清楚了。

對於這些文章，余杰的批判是荒唐的。

關於〈讀一篇新發現的魯迅佚文〉，余杰說：「這篇文章談的是魯迅的雜文《慶祝滬寧克復的那一邊》，余秋雨歪曲魯迅所說的『永遠進擊』，對敵人不能講『大度、寬容、慈悲、仁厚』，而直接移用到當時的『反擊右傾翻案風』上，強調『堅持無產階級專政下繼續革命』的重要性和必要性，堅持打擊『復辟狂』——也就是鄧小平所走的道路。」我真懷疑，余杰究竟有沒有讀過這篇文章。如果讀過，從哪裡找出這些引文，怎麼會得出這樣的結論。余秋雨這篇文章分三個部分：第一部分介紹魯迅佚文的背景（一九二七年四月，蔣介石發動反革命政變前夕）和內容，第二部分談魯迅思想的發展（接觸馬克思主義對他世界觀轉變的作用），第三部分探討文章遺佚的原因。裡面哪裡講到「強調『堅持無產階級專政下繼續革命』的重要性和必要性」，哪裡講到「反擊右傾翻案風」，哪裡在明說或暗指鄧小平所走的道路？余杰說研究過「文革」歷史，但他刻意把「反擊右傾翻案風」運動的開始時間提前。余秋雨這篇文章發表在《學習與批判》一九七五年第八期，雜誌是八月一日出版的，文章最晚在七月寫成，而批判「右傾翻案風」是在什麼時候？文章中聯繫現實的唯一一句話是最後的一句：「今天我們有什麼理由不認真落實毛主席關於理論問題的重要指示，學得更多些，更好些呢？」你可以批判這種說法，但怎麼可以引申到他在批鄧小平呢？

關於〈胡適傳〉，余杰花費了許多筆墨。他說：「自從毛澤東五〇年代發起批判胡適運動以後，胡適在大陸成為過街老鼠，人人喊打。而余秋雨的這篇〈胡適傳〉顯然是『應制之作』，語氣霸道，文風惡劣，以主子的喜好為自己的喜好，以主子的厭惡為自己的厭惡，完全喪失了獨立人格和自由思想。」幸虧余杰還記得，對胡適的批判是毛譯東五〇年代發起的。對這場批判，今天當然需要重新認識、評價，對胡適在現代文化發展中的地位與作用也應該衝破過去的藩籬重新認識，這些年學術界已經這樣做了。這是歷史的進步。但是，在談到余秋雨的文章時，請不要忘記當年的背景，毛澤東的話是至高無上的金科玉律，不能苛求余秋雨去與毛澤東唱反調。五〇年代以來中國文化界的主流，包括一大批頭面人物都是按照一個調子批判胡適的。余秋雨開始學習寫作時一切已經成為定論，或曰前提。余杰這裡口口聲聲說的「主子」指誰？是「四人幫」嗎？對於胡適，學術上可以重新討論，但對他在政治上的反動性必須有充分認識。一九二五年他參加段祺瑞策劃的善後會議，三〇年代支持蔣介石的「攘外必先安內」的反動政策，發表「全盤西化」主張，四〇年代抗戰勝利後任「國民大會主席」，領銜提出《戡亂條例》等等，是內戰的罪犯之一。余杰對這些事實為何隻字不提，卻對說胡適「成了一個炙手可熱的政客。為了替帝國主義服務、替北洋軍閥打『強心針』，他幾乎不加任何遮蓋了」憤憤不平？

四、一點感想：「文革」遺風。

余杰的文章似乎對「文革」深惡痛絕，然而讀過他的文章有一個感覺，其文風恰恰與

「文革」一脈相承。不顧事實，抓住一點，不計其餘，捕風捉影，尤其是亂扣政治帽子，無限上綱，以辱罵和恐嚇代替正常的批評。每個經歷過「文革」災難的人，對這一套都記憶猶新。也許余杰年輕，沒有經歷過「文革」，耐人尋味的是對「文革」的惡劣作風無師自通，正在重複著當年的一套。這說明「文革」造成的內傷是多麼嚴重。要讓「文革」悲劇不再重演，看來除了組織路線之外，還要從思想路線上徹底劃清界限。

〈余秋雨，你為何不懺悔〉是剽竊之作？

二〇〇〇年二月十七日，重慶作家張育仁指控這篇文章抄襲了他的〈靈魂拷問鏈條的一個重要缺環〉一文。

張育仁表示，余杰〈余秋雨，你爲何不懺悔〉一文，引用了他的文章的實質部分，如寫這篇文章的主要依據——有關余秋雨「文革」中的表現的「罪狀」，除了有關余秋雨寫〈胡適傳〉一事引用他人外，其他都來自張育仁的文章。張育仁還指出，余杰在引用過程中，並沒有老老實實地注明文章的出處，而使用了非常巧妙非常聰明的做法，只在文章中引用了張育仁一句話時註明出處，且加上一句：「我與張育杭（應爲張育仁，余杰原文如此——引者）先生一樣，都在翹首以盼。」

張育仁說了寫〈靈魂拷問鏈條的一個重要缺環〉一文的過程。他在讀中學時，就看過一些材料，因爲對此事感興趣，他把它們找出來，於一九九九年五月寫好，先後投往《紅岩》、《當代作家評論》，最後發表在一九九九年十月《四川文學》上。

余杰態度又怎麼樣呢，不久前余杰在接受一家媒體的採訪時說：「實質上這篇文章的寫作時間很早，我大概在半年以前就寫了。但完成之後，投到幾家報紙都不敢發，所以這次就收到自己的新書裡，作爲一篇重頭文章。……而且因爲目前這些材料是一手的，所以我覺得這個立論是板上釘釘。」

對此張育仁評介說，余杰在接受有關報紙的採訪時說，寫這些文章的資料都是在圖書館裡找到的，半年前就寫好了，余杰是不誠實的。原因如下：一、余杰在文章裡表明，他寫這些文章對張育仁〈靈魂拷問鏈條的一個重要缺環〉一文引用表明，他寫這篇文章時看過張育仁的文章，這怎麼還稱得上是第一手材料呢？二、作爲四川人的余杰，與《四川文學》保持著較爲密切的聯繫，得以使余杰以最快的速度看到《四川文學》；三、在余秋雨的主要「罪狀」中除了有關〈胡適傳〉的之外，均引用張育仁的〈靈魂拷問鏈條的一個重要缺環〉。余杰批評人家不誠實，但自己也是不誠實的；四、余杰不看張育仁的文章，根本無法形成〈余秋雨，你爲何不懺悔〉一文，因爲其中基本材料都是張育仁的。當然余杰在〈余秋雨，你爲何不懺悔〉一文中進行了大量的發揮；五、余杰的不誠實還表現在，他在文章的後面還遮遮掩掩地說他問意張育仁的觀點。張育仁最後說，余杰的〈余秋雨，你爲何不懺悔〉一文，核心的骨架子都是他的，應該算作抄襲。他以前對余杰是比較敬佩的，但現在改變了。

張育仁說，目前，因爲余杰的名氣大，所以張育仁的〈靈魂拷問鏈條的一個重要缺環〉沒有人看了。本來余杰是一位年輕的批評家，代表新生代的銳氣，但現在可惜了。如果他改了，嚴肅一點，尊重別人一點，還是不錯的。

記者把張育仁的〈靈魂拷問鏈條的一個重要缺環〉和余杰的〈余秋雨，你爲何不懺悔〉進行對照如下：

〈靈魂拷向鏈條的一個重要缺環〉作者張育仁，約九千字。發表在一九九九年十月出版的《四川文學》上，完稿時間爲一九九九年五月。主要觀點是余秋雨缺乏對「文革」自己所作所爲的懺悔，希望余秋雨懺悔，如果懺悔了，大家照樣喜歡他。文風相對平和，但也有不少尖銳的地方。

〈余秋雨，你爲何不懺悔〉作者余杰，約一．三萬字。發表在二〇〇〇年一月出版的余杰《想飛的翅膀》一書。主要觀點——余秋雨，你爲什麼不懺悔？文風尖銳。

〈靈魂拷問鏈條的一個重要缺環〉分爲：「一、余秋雨研究何以蒼白和尷尬」、「二、余秋雨何以要躲閃『文革』的寫作經歷」、「三、余秋雨與《學習與批判》」、「四、我們對余秋雨的期待」四個部分。

〈余秋雨，你爲何不懺悔〉一文分爲「歷史拷問與靈魂拷問、『文革餘孽』、胡適傳：個案分析、上海文人與『才子加流氓』、懺悔：一個缺失的人文傳統」五個部分。

可以看出兩篇文章的結構和內容基本相同：

一、〈靈魂拷問鏈條的一個重要缺環〉一文中「一、余秋雨研究何以蒼白和尷尬」，主要觀點爲余秋雨拷問歷史的同時缺乏對自己的靈魂的拷問；從〈余秋雨，你爲何不懺悔〉一文第一部分「歷史拷問與靈魂拷問」這小標題可以看出，同樣表達了這一觀點作爲主要論據。〈靈魂拷問鏈條的一個重要缺環〉一文，張育仁三次引用學者張伯存〈余秋雨董橋合論〉一文；〈余秋雨，你爲何不懺悔〉中則同樣引用了兩次；余杰所引用的兩次與張育仁引用的內容三次中的兩次完全一樣。文章在陳述上，給人感覺到其中的語氣是一樣的，甚至在細節方面的語氣都一樣——張育仁寫道：「當『他更多地把筆指向對象世界』時，他確是『下筆力透紙背』；可是，他卻很少把筆毫不猶豫地指向自己。……余秋雨身爲『拷問者』的種種機巧而藝術的躲閃，更爲嚴重的後果是，使我們對這個大名鼎鼎的『拷問者』的『資格』產生了懷疑。」余杰則寫道：「余秋雨在拷問歷史和歷史上的人物時，的確顯示出『下筆力透紙背』的功夫。然而，正是在這一面表現得太突出了，另一面就顯得失衡了……我在余秋雨的散文中，很少讀到他對一九四九年以來的歷史反思，很少感受到他有直面自身心靈世界的時刻。兩個巨大的『空洞』導致了我對余秋雨散文的懷疑。」這樣的相似在本部分中不少。

二、張育仁〈靈魂拷問鏈條的一個重要缺環〉中「二、余秋雨何以要躲閃『文革』的寫作經歷」和余杰的〈余秋雨，你爲何不懺悔〉中「文革餘孽」一部分，主要指出余秋雨參加「文革」《學習與批判》寫作組的種種「罪狀」，並引用余秋雨〈千年庭院〉中的兩段話，和針對余秋雨〈三十年的重量〉的所引發的議論，還有對幾個寫作組的介紹。仔細閱讀兩篇文章的這部分，可以發現幾乎是一樣的，隨便舉一個例子：

張育仁寫到：「許多人都稱讚他的〈三十年的重量〉……作爲一個寫作者，他對自己中學時代的一篇得獎作文既然都非常在意，蹊蹺的是，他怎麼就會那麼粗心地將自己在《學習與批判》以及其他報刊上寫了那些大批判文章一股腦忘掉呢？是什麼顧慮使他如此諱莫如深呢？」余杰寫道：「余秋雨先生在〈三十年的重量〉一文中，對自己中學時代的一篇獲獎作文念念不忘，這是人之常情。然而，讓我疑惑的是，爲什麼他能夠記得中學時代的作品，而完全忘記了青年時代所寫的一系列御用的大批判文章呢？」

更加令人難以置信的是，兩人都引用了張育仁對余秋雨〈千年庭院〉的兩段話的引用，不僅兩人引用余秋雨的兩段話相互之間沒有多出一句，同時對所引的余秋雨的話的批評，甚至說話語氣都非常相像，因爲文章比較長，這裡不作引用，相信大家只要去比較一下，肯定會吃驚——兩人的思維竟會如此相像。

也許，余杰已經意識到這一點，所以在文章裡寫明了引用了張育仁〈靈魂拷問鏈條的一個重要缺環〉的一句話，並注明了出處，並表示「我與張育杭（仁）先生一樣，都在翹首以盼。」這是多麼巧妙的剽竊，可要知道，這是學術論文呀。

三、〈靈魂拷問鏈條的一個重要缺環〉中「三、余秋雨與《學習與批判》」部分與〈余秋雨，你爲什麼不懺悔〉中「〈胡適傳〉：個案分析」及「上海文人與『才子加流氓』」部分的對比。張育仁的文章指出，在「文革」期間，余秋雨發表在《學習與批判》及其他「主流報刊」發表過多少「大批判文章」，他沒有作過詳細的統計，估計至少有十多篇。張育仁列舉了所見的余秋雨當時所作的〈走出「彼得堡」〉和〈讀一篇新發現的魯迅佚文〉等兩篇。張育仁說余秋雨在「文革」中所寫的一系列文章，完全是奉命之作，強調「文革」的正確性和必要性，強調在「無產階級專政下繼續革命的重要性和必要性」等觀點。余杰的文章中指出：余秋雨寫了數十篇大批判文章，但能夠列舉的確實除了張育仁列舉的兩篇文章之外，多了一篇余秋雨寫的〈胡適傳〉。但余秋雨寫〈胡適傳〉

早有研究者指出了。這篇文章除了余杰花了較大筆墨來批評余秋雨的寫〈胡適傳〉外，大量的觀點和事實與張育仁的還是大同小異，不過余杰的文章有更多的發揮，並引用了其老師錢理群的話而已。更令人感到有趣的是，余杰爲了說明余秋雨是才子加流氓時寫道：「王東成先生說，他從余秋雨的散文中『能夠嗅到自稱江南第一才子的桃花庵主唐寅的影子和氣味來』，這一評價極爲準確。（王東成《江南才子的文化幽思》）」對比一下張育仁的文章中同樣的話：「王東成先生一針見血地說，他從秋雨散文中『能嗅到自稱江南第一才子的桃花庵主唐寅的影子和氣味來』」。余杰大量的引用，爲什麼與張育仁處處相同，且引用的話既不會多出一句，也不會少出一句。實在太耐人尋味了。

四、〈靈魂拷問鏈條的一個重要缺環〉的最後部分「我們對余秋雨的期待」和〈余秋雨，你爲何不懺悔〉的最後部分「一個缺失的人文傳統」，雙方都圍繞懺悔做文章。

從兩篇文章的對照中，我可以得出這樣一個結論：

1. 張育仁和余杰的文章，觀點基本相同，寫作結構也大同小異，所用的材料也基本相同。
2. 余杰的文章比張育仁寫得晚，並且余杰寫此文之前看過張育仁的文章。
3. 余杰和張育仁引用的大量資料甚至從很多細節上看都出奇地相同。
4. 余杰的文章比張育仁的尖銳，但余杰文章的說話口氣居然有不少與張育仁非常像，並且出現在非常重要的論證中。

值得一提的是，錢理群對余秋雨持批評態度，對余杰有一定影響，余杰對余秋雨持批判態度也並不是在看了張育仁的文章之後。但無論如何，余杰這回遭受抄襲的指責是跳到未名湖裡也洗不清了。

最近，網易發表了一位署名 hbs 的文章，題目叫〈余杰，你懺悔吧〉，據文章稱，作者就住在余杰的樓下。這篇文章說：

> 今天簡直太值得紀念啦！中午無事可幹，就讀了版上余杰的文章〈余秋雨，你為何不懺悔〉，然後寫了兩個（節）小文暗示余杰的稿費情結。這是我很早就想寫的，也是我不喜歡他的原因。但今天中午寫得很隨意，沒有系統化。
>
> 說說今晚的故事吧！今天看到余杰的文章是我近三、四年來看到的唯一一篇，……但就是這惟一的一篇，卻讓我抓住了硬傷。此文有大量剽竊的嫌疑。
>
> 我今晚在「風入松」查到一九九九年第四期的張育仁發表在《四川文學》上的文章，時間上該在余杰文章前面吧。
>
> 大家去看看這篇文章吧，遺憾我現在記不住文章的題目，但內容我一看，余杰的基本

上完全來自於其中，他文章中大量的例子和引證幾乎全部出自此文，但他的注解卻儘量淡化這篇文章的影響。余杰沒有舉出一個多出那篇文章的例子，一個也沒有啊！那是他家鄉的文學期刊，他不可能沒看過吧！其中所有精彩的話都在張文中出現啦！手法大拙劣啦！只是重新組合了一下。余杰連余秋雨的文章估計都沒看過幾篇。〈胡適傳〉肯定沒看過。連引用《文化苦旅》的兩篇文章也是張文裡有的，他全照搬了，沒有一點創新。大家去看看吧！我不想多說啦！余杰自己的話實在是很少的，我看也就「個案分析」裡最後一些引用的名言以及文前關於波蘭作家的書是張文裡沒有的，其他幾乎全部有啊！余杰接受記者採訪最滿意的就是新書裡的這篇文章，說自己掌握了大量的第一手材料。

原來全是別人挖掘的，只能算是二手啊！

為了稿費，一天寫多少東西，必然自己的東西不多，我以前也只是猜測，現在一篇文章就被我抓住了把柄，余杰，你怎麼解釋啊！

我也是學文的，我這幾年書讀下來沒有什麼成就，實在慚愧，但我最高興的是只要是我寫的文章，只要標上我名字的文章，背後的注解一定是一絲不苟的。一定沒有剽竊。我甚至以注解多而長而興奮。

因為這樣剩下正文中的就是我自己的見解啦。

近日，余杰忽然又接受某家媒體採訪時說：「與余秋雨的爭論剛剛開始」，並且傳給《中國新聞周刊》記者一篇長達一萬五千字的長文〈我們有罪、我們懺悔〉，作爲對余秋雨〈答余杰先生〉的回答。

據介紹，這篇文章分爲四個部分。

在文章的第三部分「歷史的傷痕與我們的日常生活」中，余杰指出，「文革」已經內化到我們民族的深層精神結構之中，他並剖析自己說——「就我個人來說，雖然沒有經歷過『文革』，但『文革』以及半個世紀以來意識形態教化的毒素同樣深入到我的語言、行爲乃至思維方式之中。在包括〈余秋雨，你爲何不懺悔〉在內的許多文字中，我都不由自主地流露出『文革』的語言和『文革』的思維方式來。例如，我在文章中輕率地使用『文革餘孽』這樣的詞語，充滿了個人的情緒化，偏離了文化批評的界限，這也是我想向余秋雨先生表示歉意的地方。」

不過接下來的文字還是對余秋雨不依不饒，比如說對於余秋雨回答《中國新聞周刊》記者採訪時敘及的「文革」慘痛經歷。余杰認爲「這就是一種典型的『記憶選擇』與『記憶改寫』，這種說法是非理性的，近乎於『無賴』……在『文革』以及我們民族經歷過的若干傷痛之中，許多參與者都身兼雙重身分。一旦雨過天晴，人們便拋棄掉其中的一種，堂而皇之地以另一種身分登場。正是因爲對記憶進行了過濾，所以余秋雨能夠理直氣壯地表示，自己僅僅是一名受害者，沒有任何值得或者應該懺悔的地方」。

據報導，余杰突然又拋出這篇文章，跟他與余秋雨見面後坊間的議論有關。特別是一位青年作家祝勇批評余杰說，寫出這麼尖銳的文章又快速和余秋雨和解，這種「隨意批評之風不可長」。大概余杰是看到這篇文章後決心把追問貫徹下去，以示自己並非「隨意批評」。不過，余杰這篇長文對於余秋雨的態度遠不像〈余秋雨，你爲何不懺悔〉那樣的無所顧忌。文章中對余秋雨一時表示尊敬，一時又忍不住言辭異常激烈，看得出是想儘量作出客觀公允的姿態，然而也暴露出余杰內心的矛盾狀態。

最近，網易的一項調查表明，支持余秋雨的讀者超過了支持余杰的讀者。截至三月二十二日，網易共有八千四百六十五名網友參加了調查，有三千九百六十一人支持余秋雨，占百分之三十九點九；有三千三百七十九人支持余杰，占百分之三十五，有二千一百二十五人表示，誰也不支持，占百分之二十五點一。

余秋雨真的封筆了嗎？

一九九九年十月一日開始，在鳳凰衛視舉辦的「千禧之旅」中，余秋雨以獨特的視角進行文化考察，其考察結果記錄在鳳凰衛視網站《千年巡拜》（余秋雨日記）中，深受讀者好評。各地報紙紛紛連載，但也受到了不法書商的窺視。爲此余秋雨發表「開羅宣言」。

一九九九年十月十八日，余秋雨在埃及開羅發表聲名：一、《千年巡拜》（余秋雨日記）已從九月二十七日開始每天寫出一至二篇，隔天傳送，現已傳出二十六篇，近三萬字。這一過程直至二〇〇〇年初「千禧之旅」結束之日終止，共計一百餘篇，目前，香港、台灣、新加坡、馬來西亞的主要報刊均已逐日連載。中國大陸的報紙需要轉載者，請與香港鳳凰衛視王多多小姐聯繫；二、由於追求旅行、寫作、發表的同步效應，稿件只能直接傳眞而不能交付郵寄，但由於所經之路都不是發達地區，傳遞難度很大，稿件錯訛在所難免。各報發稿編輯如發現有明顯的錯字錯句，請能代我更正，僅此拜記，感激不盡；三、至今沒有就此稿的出版對任何人作過口頭和書面的承諾。此書今後出版，將配有大量我本人圖像的照片，改變書名，並與出版者一起召開新聞發表會，希望廣大讀者能識別和抵制盜版。

然而「千禧之旅」剛剛於二〇〇〇年二月結束，一些不法之徒冒用「光明日報出版社」名義非法出版的所謂「余秋雨新作」《千禧日記》已在各地書市露面。該新作已由余秋雨先生正式授權作家出版社出版。僞本《千禧日記》封面右上角有「千禧之行——從奧林匹克到萬里長城」字樣，在彩色插頁中注有「版權所有：鳳凰衛視有限公司」字樣，印刷粗糙，錯字連篇。

光明日報出版社明確表示從未參與過此書的出版。鳳凰衛視方面則稱：余秋雨新作尚未面市，書名也未最後確定。

在各地陸續發現了以「千禧日記」爲題的非法出版物之後，余秋雨日前發表聲明宣布：「面對如此神通廣大的盜版集團，我只能停止寫作。」

余秋雨說，由於查處盜版大多按印數處罰，所以盜版集團總是把印數標得很小，這次在僞本《千禧日記》上公然表明第一次印刷五十萬冊，是他們活動方式升級的一個信號。每本售價二十餘元，說明僅僅這一本，非法收入就在一千萬元以上。

余秋雨還在聲明中說，我們這次在國外，冒著生命危險穿越了許多被土匪、毒販、反政府武裝控制的危險地段，幸未遭受重大意外，沒想到一回來就遭到如此嚴重的搶劫。二月二十七日，余秋雨夫人馬蘭向媒體證實，因爲盜版的問題，余秋雨已決定封筆。馬蘭稱，封筆只是余秋雨自己作出的一種人生選擇。他對於選擇有一種快速決斷的個性，對於自己的人生設計，他很冷靜，很清醒。

然而記者卻了解到，余秋雨目前確實淡出了文化事務和散文創作，但余秋雨絕對不會封筆。記者與余秋雨和馬蘭聯繫證實，余秋雨目前正在寫一部新作《余秋雨自傳》，估計二〇〇〇年內完成。在這部《自傳》裡，所有余秋雨的「歷史問題」將得到最徹底的闡述，而余秋雨和馬蘭的愛情故事也會透過余秋雨優美的文筆告訴讀者。同時，余秋雨曾經向記者表示，可以與馬蘭一人一段寫愛情，這種寫作方式有可能用到其《自傳》的寫作中（有關愛情部分）。

截至三月二十二日，網易對「余秋雨封筆」的眞正原因進行調查，在四千六百三十名投票者中，八百五十九人認爲是抗議盜版，占百分之八點六；五百一十四人認爲是抗議批評，占百分之十一點一；二千二百五十六人認爲是江郎才盡，占百分之四十八點七；一千零一人認爲是其他原因，占百分之二十一點六。

但另外一點，余秋雨淡出「江湖」，是一種成熟和明智的選擇。寫《自傳》，是對自身的進一步反省，也是對自己散文創作難以超越已有高峰的沉思。

余秋雨突圍到了二十一世紀。

尾聲：秋雨散文與秋雨體散文

我的一位朋友，是搞文學史研究的，一直關注秋雨散文，也很關注這本小書的寫作。本書完稿後，蒙他細讀了一遍，並提出不少修改意見。他從文學史的角度，對秋雨散文做了個全面的評估，並提出了「秋雨體散文」的概念。這是一個讓我深感震驚的提法。據我所知，也是國內外首次這樣提。

應我的要求，他把一些看法作了整理。也徵得他的同意，我引用他對「秋雨體散文」的論證，作為本書的尾聲。

一

本書是以余秋雨的戲劇人生開篇的。因爲余秋雨的本行是戲劇，在秋雨散文成名前，余秋雨是以對西方戲劇理論史的出色研究知名學界的。說到西方戲劇理論，倒使我想起一個人，也是位浙江人，叫宋春舫。

宋春舫是位奇人。說他「奇」，倒不是指他是外交官、律師兼搞戲劇的大學教授，而是兩樣開創性的貢獻。一，他是中國海洋科學的創始人之一，那是二〇年代末，他在青島擔任過中國第一個海洋科學研究機構的負責人；二是許多人都熟悉的，《新青年》時期最著名的戲劇理論家，是他第一次向國人提供了整個西方近代戲劇的脈絡和格局。要講中國對西方戲劇的研究，宋春舫是創始人之一。宋春舫還有一件事情，很少有人提起，那就是《王國維遺書》的那篇序言。《王國維遺書》有兩篇序言，第一篇是我們都很熟悉的陳（寅恪）序。而第二篇序，許多搞國學的人有點陌生，作者自稱是王國維的表弟，與王國維沒有直接交往，但他負笈留洋，搞了西洋戲劇研究，是受表兄《宋元戲曲史》的影響云云。此人即是宋春舫。從王國維的《宋元戲曲史》到宋春舫的《近世名戲百種目》再到余秋雨的《戲劇理論史稿》，從近代、現代到當代，這三位浙江人之間是否有某種關聯？他們像約好了似的，要在二十世紀中國分頭在戲劇領域做出開創性的貢獻。

我們知道，在五四新文學運動中，最有影響力的兩種文體是小說和戲劇。前者的開創者當然是魯迅，後者呢？宋春舫的貢獻相當大（當然還有矛盾）。而魯迅和宋春舫在爲中國現代小說和戲劇做開創性工作時，有一種深厚的歷史積淀和文化承傳，亦即魯迅的《吶喊》和宋春舫的戲劇理論下面還有奠基石，魯迅是自己給自己奠基——《中國小說史略》，宋春舫是由王國維來奠基——《宋元戲曲史》。可以這麼說：魯迅和王國維在五四新文學運動前夜不約而同地完成小說和戲曲的歷史透視，與中國現代小說和戲劇的突破有直接的關聯。

這個觀點是五年前我和一位朋友在探討中國現代文學中浙江大師輩出的原因時提出來的。我們對南宋以來浙江區域文化傳統中的歷史意識做了些梳理，發現這種歷史意識對二十世紀的中國文學的產生和發展有重大的影響。當時由於論題的限制，我們只講兩浙（浙東和浙西）文化與五四新文學的關係。恰好，浙江文藝出版社的《秋雨散文》問世，我看了〈風雨天一閣〉、〈鄉關何處〉等篇章後，不覺怦然心動，想起了黃宗羲、萬斯同、萬斯大、全祖望、邵晉涵、章學誠、范文瀾，他們可都是余秋雨的浙東同鄉。余秋雨的故鄉可是浙東史學的大本營啊！做完那個課題後，我很想寫個跋，把余秋雨和浙東史學傳統做點闡釋和比較。由於諸多原因，主要是我恪守歌德老人「近物遠觀」的訓戒，想放一放。

這一放就是五年。

這五年中，余秋雨和秋雨散文的遭際，這本書裡已有清楚的描述，我就不提了。有人喝彩、有人羨妒、有人詆毀等等，但有一條，有那麼多的人在讀秋雨散文，不管是正版，還是盜版，是繁體字本還是簡體字版。在九〇年代的中國，用家弦戶誦來形容秋雨散文的盛況，恐怕不爲過。

我是一九九〇年的酷暑中第一次讀到秋雨散文的，當時我正在上海寶山鋼鐵廠暑期社會實踐，有個同學買來幾本過期的《收穫》雜誌，上面有余秋雨「文化苦旅」的專欄。讀了第一篇〈柳侯祠〉後，第一個反應是「遊記怎麼能這麼寫？」幾篇讀下來後，我發現，在那個酷暑，有兩樣很精彩的東西，一是世界杯足球賽中貝肯鮑爾和他的德國球隊，另一個便是秋雨散文了。

二

我是秋雨散文的一個熱心讀者，平日也頗留心人們對秋雨散文的評價和議論，好話、壞話都見識了不少，覺得多數評議和我自己的閱讀體驗總是對不上號。

有人說余秋雨會寫文章，文字很漂亮，秋雨散文的語言表述富有詩意，每隔一兩行就有一個鮮活的語詞組合，每隔三五句就有一個漂亮的句子，每隔三五段就有一段出色的議論。如果有人把文字漂亮當作秋雨散文最重要的特徵，那他就太不了解余秋雨了。只要讀一讀余秋雨十多年前出版的《藝術創造工程》，那才叫會寫文章，散文寫得漂亮不稀奇，文藝理論著作寫得漂亮那才叫會寫文章。

有人對秋雨散文中的一些歷史細節提出疑義，橫加指責，這種做法有傷忠厚。中國古代文論裡有句行話，叫「識古人之大體」。我覺得有一個很重要的東西，幾乎都被秋雨散文的評論者們遺忘了：秋雨散文「體」的問題。這個「體」就是文體。

秋雨散文是一組組特寫，是歷史文化深處的特寫。這就是秋雨散文的「體」。特寫本來是新聞的一種體裁，用來描述當前的一個事件或場景。借用克羅齊「一切歷史都是當代史」的說法，一切特寫都是當前的描述。而余秋雨恰恰把視角從當前拉回到古遠，從突發性的新聞轉向積淀性的文化，從現實人事的外部表現深入到歷史人物的心理世界。這一點，我們可以在〈風雨天一閣〉、〈蘇東坡突圍〉、〈一個王朝的背影〉、〈千年庭院〉、〈流放者的土地〉、〈抱愧山西〉中清楚地感受到，這些篇章，恰恰是標準的秋雨散文。

這種散文體可以稱爲「秋雨體」。

古人云：「文豈有常體？但以有體爲常」（南朝齊・張融《問律自序》）。余秋雨的散文不合「常體」，但自己「有體爲常」。

世上沒有無緣無故的愛，也沒有無緣無故的恨，同樣，也沒有無緣無故的好文章。譬如，黃仁宇的《萬曆十五年》，在當代中國學術界影響很大，許多學人都在模仿它。但許多人都沒有意識到，黃仁宇的筆法並不是取鏡西洋，洋爲中用，而是紹武中土，中爲洋用。他有相當程度在借鑒已故復旦大學中文系朱東潤教授的《張居正大傳》等。那麼余秋雨散文有無淵源呢？有。

讀者若有興趣可以去翻翻翦伯贊先生六〇年代初寫的〈內蒙訪古〉。這篇文章曾收入高中語文課本，有刪節。最後兩節「歷史的後院」和「揭穿了一個歷史的秘密」尤爲精彩。試看翦老對呼倫貝爾草原的描述：

> 假如整個內蒙是遊牧民族的歷史舞台，那麼這個草原就是這個歷史舞台的後台。很多的遊牧民族都是在呼倫貝爾草原打扮好了，或者說在這個草原裡準備好了，然後才走馬出門。當他們走馬出門的時候，他們已經不僅是一群牧人，而是有組織的全副武裝了的騎手戰士……

在中學語文課本中〈內蒙訪古〉比較突出了王昭君「和親」之事。事實上，翦伯贊在另一篇題爲〈從西漢的和親政策說到昭君出塞〉的長文，光看題目，似乎是一篇考據式的論文。其實，這是一篇精彩的劇評，作者以歷史學家的洞察力和文學家的筆法，對王昭君的性格和生活環境有獨特的剖析。如果把〈內蒙訪古〉和〈從西漢的和親政策說到昭君出塞〉兩文合觀，就是一篇歷史文化深處的特寫，它截取一個個精彩的畫面，把秦漢時漢族與匈奴的民族關係和王昭君的命運、性格，細緻入微地呈現出來。一個秋雨散文的愛好者如果去翻翻翦伯贊先生近四十年前的這兩篇文章，會感覺到一種似曾相識。

翦伯贊先生說〈內蒙訪古〉是他和范文瀾等史學家在五〇年代末、六〇年代初應烏蘭夫之邀，在內蒙古草原轉徙三千多公里後的所見、所聞和所思，是在內蒙的一次歷史文化苦旅的產物。

從〈內蒙訪古〉到《文化苦旅》，有一個重要的銜接，那就是報導文學。

在新時期，報導文學曾輝煌一時。它是七〇年代末到八〇年代末之間中國最有影響力的文學體裁之一。一篇〈哥德巴赫猜想〉可以左右千百萬人高考志願的選擇，一篇有關步鑫生和海鹽襯衫總廠的報導文學，可以引起舉國上下對改革的關注。進入九〇年代後，報導文學開始衰退。原因有二，一是有人用報導文學過度干預生活，在政治上玩火燒身；二是有人在商品經濟的潮流中落水下海，一時間報導文學成了「老板行述」和「經理特寫」。我不是說九〇年代沒有報導文學或優秀的報導文學，而是說，與八〇年代的輝煌相比，在九〇年代，報導文學太寒磣了。

余秋雨的散文就是九〇年代初報導文學落潮時湧現的。它塡補了報導文學突然出現的眞空。在秋雨散文裡，他不議論時政，甚至也沒有借古諷今，他寧可去寫故鄉一位連姓名也不全的早夭的女孩，而不寫他很熟悉的許許多多的當代大師泰斗。他把筆墨傾注到千年的庭院式破舊的藏書樓。他用一種報導文學的視角描述、剖析離我們久遠的歷史文化。秋雨散文在文體上，是報導文學這一體裁在歷史文化中的伸展。可以說，秋雨散文是一種特殊的報導文學。我上文所說的歷史文化深處的特寫就是這個意思。

這樣，我們可以理解爲什麼秋雨散文在九〇年代有這麼大的轟動效應。現在秋雨散文擁有千百萬的讀者，但我敢說，最早洞察到秋雨散文內質的有相當一部分是報導文學領域內的行家，如浙江的蔣煥孫、北京的張勝友、上海的蕭關鴻和江西的胡平等。前兩位分別是浙江文藝出版社和作家出版社的當家人，《秋雨散文》和《霜冷長河》就是由他們出版的。還有上海的蕭關鴻——《山居筆記》的策劃人，他可是上海有名的記者和作家，他對秋雨散文的感覺一直是很到位的。胡平曾是張勝友在報導文學上的黃金搭檔，他的散文集《千年沉重》和《文化苦旅》同屬東方出版中心文化大散文系列。夏堅勇的《湮沒的輝煌》在形式和內容上都有追隨秋雨散文的傾向，但是與胡平相比，夏堅勇有摹仿的痕跡，而胡平是以一個報導文學家的眼光，對秋雨散文有更深層的理解和獨特的呼應。

三

以《文化苦旅》發端、以《山居筆記》拓展、以《秋雨散文》集大成的余秋雨散文創作，在中國和海外華文讀者群中產生了巨大的影響力。它是中國近五十年來，感性和智性、歷史感和文化心理感結合得最好的散文之一。對於文學史來說，余秋雨散文創作的一個重要成果就是我今天提出的「秋雨體」。

縱觀幾千年的中國文學史，「體」是一個很重要的概念，而把作家的名字或籍貫冠在「體」前，更是一個很嚴肅的概念。古人說：以形結體，因體成勢。有了形體，就有感性的、具體的東西可資借鑒、臨摹，就會有眾多的追隨者、呼應者，就會有聲勢，就會開風氣。聲氣大到一定時候，就成了文學史上最高級的概念：流派。

余秋雨的散文已成爲一種「體」，這是事實。「秋雨體」散文是新中國文學創作中一個重要收稷。日後能否開宗流派，出現一個「秋雨派散文」，我們將拭目以待。

近五十年來，中國散文中，能成「體」的只有楊朔。對於楊朔散文的是非功過、現在議論很多。有的學者和青年學人甚至攻詆不已。我認爲問題不在什麼楊朔散文的抒情模式，而是在於只有一個「楊朔體」。文學創作本應該流派紛呈、百花齊放的。「楊朔體」影響幾代人作文寫作。因而，問題不是在「楊朔體」的單一（一位作家通常只有一種「體」，一就是單一），而是在單一的「楊朔體」。「秋雨體」散文在九〇年代的出現不是什麼對「楊朔體」的否定和衝擊，而是一種補充。是散文創作自身的豐富。據我所知，在一些中學裡，秋雨散文人手一冊，許多作文開始模仿余秋雨。據悉，〈道士塔〉一文已收入高中語文課本。能爲中學生作文提供另一種範本，這總是一件令人欣慰的事情。豐富總比單一好。

余秋雨的散文還在寫，還會寫。但從新近的《霜冷長河》看來，我多少有些失望。在這其中，稱得上我前面提到的「歷史文化深處的特寫」的篇什寥寥無幾。《霜冷長河》是余秋雨的散文，但這些散文並不一定都是「秋雨體」散文。一個成熟的藝術家自己會出贋品，一個優秀的文學家會寫出異體，這在藝術史和文學史上並非罕見。余秋雨的散文創作面臨的一個嚴峻的問題。現代商業運作和文化的關係越來越密切，它對文化的弘揚流布無疑是有很大作用的，但同時，有時候也會造成一種傷害。

也許是余秋雨在追新求變。但是，如果在余秋雨的散文創作中失去那個跋涉者兼沉思者的抒情主體，秋雨散文將不再是「秋雨體」散文，即使這些散文是余秋雨自己寫的。我祝願在即將到來的新世紀，「秋雨體」散文有一次大的伸展。

這是從文學史的角度對余秋雨散文創作的一個評估。

文化突圍

著　　者／徐林正
出 版 者／生智文化事業有限公司
發 行 人／林新倫
責任編輯／賴筱彌
執行編輯／范維君
登 記 證／局版北市業字第 677 號
地　　址／台北市新生南路三段 88 號 5 樓之六
電　　話／886-2-23660309　886-2-23660313
傳　　真／886-2-23660310
印　　刷／鼎易印刷事業股份有限公司
法律顧問／北辰著作權事務所　蕭雄淋律師
初版一刷／2000 年 12 月
ISBN ／957-818-220-1
定　　價／新台幣 180 元

郵政劃撥／14534976
帳　　戶／揚智文化事業股份有限公司
E-mail ／tn605547@ms6.tisnet.net.tw
網　　址／http://www.ycrc.com.tw

本書如有缺頁、破損、裝訂錯誤，請寄回更換
※版權所有　翻印必究※

國家圖書館出版品預行編目資料

文化突圍／徐林正著. -- 初版. -- 台北市：生智，
2000〔民 89〕
面； 公分.

ISBN 957-818-220-1（平裝）

855 89015870

訂購辦法：

*.請向全省各大書局選購。

*.可利用郵政劃撥、現金袋、匯票訂講：

郵政帳號：14534976

戶名：揚智文化事業股份有限公司

地址：台北市新生南路三段 88 號 5 樓之六

*.大批購者請聯洽本公司業務部：

TEL：02-23660309

FAX：02-23660310

*.可利用網路資詢服務：http://www.ycrc.com.tw

*.郵購圖書服務：

❑.請將書名、著者、數量及郵購者姓名、住址，詳細正楷書寫，以免誤寄。

❑.依書的定價銷售，每次訂購（不論本數）另加掛號郵資 NT.60 元整。